筋読み

田村和大

宝島社
文庫

宝島社

目次
contents

筋読み

捜査本部

第一章

1

桑色の天井に壁の灯りが反射し、ブラインドから漏れる陽光とともに会議室を明るく照らしている。白い天板の長机が、計ったように規則正しく並べられていた。捜査員たちが立ち上がり始め、ざわめきが部屋に満ちる。総合病院の一室に設けられた現《げん》場《じょう》指揮本部の捜査会議が終わったところだ。

「とんでもないことだぜ、飯綱《いづな》」

飯綱知也《ともや》の耳から部屋の喧噪《けんそう》が遠のき、受話口から流れた田中《たなか》係長の声だけが残った。江戸言葉の混じるいつもの口調から、今は抑揚が欠けていた。著しく機嫌が悪いときの徴《しるし》だ。

「とんでもないこと？」

慎重に聞いた。捜査員が異変に気付き飯綱に注目する。ざわめきが収まり会議室に静寂が訪れた。

「お前のところのマル害と、こちらのマル被のＤＮＡ型が一致したのさ」

意味を理解しかねた。今、ＤＮＡ型と言ったか。係長のところのマル被といえば高尾署の殺人被疑者、山下《やました》に違いない。俺のところのマル害は、今朝この病院から略取されたツェットという少年だ。

——何を言ってるんだ、このおやじ。

「ありえません。二人は別人です」

いくらか腹立たしげに答えた。

DNA型の出現頻度は四兆七千億分の一。万人不同、DNA型が一致することは科学的にありえない。そんな思考が後からついてくる。

「だからとんでもないことなんだよ」

変わらず抑えた声。しかし今度はどこか諦めの響きがある。

「すぐ捜査本部に来るんだ。管理官も待ってる」

一方的に切られた。携帯電話を耳に押し当てたまま、話中音が絶えてもなお飯綱は動かなかった。DNA型が一致するなどありえない。改めて思った。

——しかしもし本当に一致したのだとしたら。

それはDNA型の絶対的な個人識別能力が失われることを意味する。DNA型による個人特定は今では警察の捜査に必要不可欠だ。それが出来ないとなれば捜査の在り方を根本的に見直さざるをえない。いや、それよりもDNA型を根拠に逮捕起訴され、刑を科されてきた数知れぬ被告人のなかに無辜《むこ》の者がいた可能性が出てくる。そこまで考え思わず唾を飲み込んだ。携帯電話を握る手に汗が滲《にじ》む。

——あの本部にはつくづく呪われているな。

ようやく携帯電話を下ろす。表情は強ばったままだ。そんな飯綱の様子を不審げに捜査員が見つめている。三日前の出来事を思い出したのか、馬場《ばば》巡査の顔には不安の色が浮かんでいた。捜査員の視線に気付いた飯綱は表情を和らげる。

「高尾《たかお》署の捜査本部がこっちのマル害の情報を摑《つか》んだらしい。いまいち要領をえないが、ここを引き払っていったん高尾署にあがる。昼飯は駅の立ち食いそばだな」

飯綱の言葉に捜査員から呻《うめ》き声が洩《も》れる。飯綱は笑顔を作りながらも、三日前のことを思い出していた。

三日前の四月二十五日、飯綱は捜査本部を追放された。

2

「ご再考を。起訴を決めるのは早過ぎます」

二十五日、午前の捜査会議が終わるや迫口《さこぐち》管理官の前に飯綱は進み出た。直立不動で訴える。隣には、殺人犯捜査第四係の係長である田中が、眉根をきつく寄せて後ろ手に立っていた。百九十センチ近い飯綱の横に百七十センチに満たない田中が並び立つさまは、どこかしら見る者に滑稽な印象を与える。しかし殺人事件の捜査本部が置かれた高尾警察署の講堂で、飯綱たちを遠巻きに見ている捜査員の顔に笑みはない。

迫口は、読んでいた書類を無造作に机に放ると、椅子の背もたれに体を預けて腕を組み、土佐犬にも似たいかつい顔を上げた。

「検察官との協議内容は伝えたはずだ。満期に起訴する」

「まだ動機が判明していません」

「痴情のもつれ。動機ははっきりしている」

「管理官はそれでよろしいのですか」

「形は整っている」

「上っ面だけです。後でひっくり返されかねません」

「ひっくり返されようが、有罪は動かん。それだけの捜査をしてきた。違うか」

「それは、そのとおりです」

「飯綱は第三者犯行を疑ってます」田中が口を挟む。

「知っている。捜査会議でも議論した。しかし、山下以外に犯人性を疑わせる者はいなかった。お前がやった鑑取りでもそうだったろう」

「はっ」

　思わず下を向き、唇を真一文字に引き締める。

「逮捕から十八日間にわたって捜査を尽くし、起訴に耐えうるだけの証拠を集めた。検察官も了承した。満期に起訴するのは当然だろう」

　低く重い声で言いながら、頭から飯綱を怒鳴りつけることはしなかった。

　迫口は叩き上げの管理官だ。一貫して捜査畑を歩み、一度生活安全部に出たことがあるものの、その刑事人生のほとんどを捜査一課で過ごしている。それだけに迫口自身も事件の決着に納得しかねるものを感じているに違いない。しかし勾留延長満期が近付いて捜査本部付きの検察官との協議も終わり、刑事部長から本部縮小の命も出されている状況では、管理官といえども出来ることと出来ないことがある。隣にいる田中もそうだ。眉間に刻まれた皺《しわ》の深さが苦悩を物語っている。

　飯綱は反駁《はんばく》の意思を失った。一礼して管理官の前を離れる。言うべきことを言ったという高揚感はなく、出来の悪い座興を演じたようで、遠巻きに見ている捜査員の視線が心地悪い。

「どうでした」

席に着くと後ろの席から馬場巡査が声を掛けてきた。捜査本部の机は三分の一ほどが埋まっており、本部支給のノートパソコンで捜査員が書類作成に勤しんでいる。捜査が大詰めを迎え、これまでの経過を記した捜査書類の作成に皆が追われていた。

「予定どおり満期に起訴するそうだ」

顔だけを後ろに向けて小声で応じる。

「そうですか」

馬場はパソコンに目を落とし書類作成に戻る。さして関心はなさそうだった。

机の上に置いていた捜査事案概要書を摘まみ上げた。迫口への上申を田中に願い出る前に、頭の整理を兼ねて作成した資料だ。読むでもなくぼんやりとその資料を眺めた。

3

発端は多摩《たま》の山中だった。登山者が人の前腕らしき骨を見つけた。まだ手指に肉片の残るその骨は、野生動物に掘り起こされたばかりらしく、近くに半端に掘られた穴があった。辺りには饐《す》えた腐臭が強く漂っていたという。

高尾警察署の一隊が慎重に穴を掘り広げると、髪の長さと骨格からして女性のものと思われる死体が姿を現した。後に死後三週間程度と判断された死体は、動物に食乱されていたこともあって所々が白骨化していた。

検視で頭蓋骨に陥没骨折が見つかり、死体遺棄、殺人事件として高尾警察署に捜査本部が設置され、警視庁捜査一課から飯綱の所属する殺人犯捜査第四係が出動した。

司法解剖によって頭蓋骨の骨折は、同心円状の陥没骨折とその中心から放射状に伸びる幾つかの線状骨折から成ることが分かった。また、顎骨や歯冠に窒息死の典型的所見であるピンク骨が見られた。ピンク骨は窒息時に生ずる鬱血によって毛細血管から血液のヘモグロビンが骨質に染み出し、骨や歯がピンク色に染まる現象である。頭部を平滑面のある鈍体で殴打された後、胸部が圧迫された状態で被害者は窒息死した。司法解剖を行った法医学教授はそう鑑定した。

衣服が脱がされており遺留品も見つからなかったことから、身元捜査は長引くかに思われたが、それは杞憂《きゆう》に終わった。被害者のDNA型が、警察庁の管理するDNAデータベースでヒットしたのである。

DNAと呼ばれるデオキシリボ核酸は、ヒトの細胞核にある染色体という組織に収納されている。二本の鎖を並べて捻《ひね》ったような二重らせん構造をしており、二本の鎖を結び付けているのが塩基と呼ばれる物質だ。塩基にはアデニン、グアニン、シトシン、チミンという四種類がある。DNA型鑑定は、DNAのなかの特定の部位における四種類の塩基の配列、つまり並び方を「型」として利用し、個人を識別しようとするものだ。

警察は、平成十八年までは九つの、平成十八年からは十五の部位における並び方を用いて判定を行なっている。十五の部位において全て同じ並び方が出現する頻度は約四兆七千億分の一とされている。誤解をおそれずに言えば、ある特定の一つの型を持つ人間は四兆七千億人に一人しかいないということであり、世界の人口が百億人にも満たないことを考えれば、文字通り世界に一人ということになる。DNA型が絶対的な個人識別能力を持つといわれる所以《ゆえん》だ。

警察庁はこの個人識別能力に着目し、平成十七年以降、被疑者のDNA型を全国の警察から収集してデータベースを作成している。その登録件数はすでに百万件を超え二百万件にも達するといわれている。

多摩山中の死体のDNA型を警察庁DNAデータベースで照合した結果、被害者の身元が判明した。被害者は、かつて水前千晶《すいぜんちあき》という芸名で活動していたことのある、本名宮原千寿《みやはらちず》という三十六歳の女性だった。宮原は十代後半からモデルやグラビアアイドルとして活動し、在京テレビ局の深夜番組に出演したこともあった。しかし美人局《つつもたせ》まがいの恐喝事件で共犯者として逮捕され、そのまま芸能界から姿を消した。この恐喝事件のときに採取され鑑定されたDNA型が平成十七年になって警察庁データベースに登録されていたのだ。

被害者が僅かながらも芸能界に関わっていたということもあり、マスコミ報道はそれなりに過熱した。

そして死体発見から一週間後、男が出頭し事件は急展開を迎える。出頭した山下貴一《きいち》と名乗る四十五歳の男は、自分が宮原を殺したと告白した。

「付き合っていた宮原から別れを切り出され、かっとして頭を殴った。ぐったりしたところを首を絞めて殺した。身元を隠すために服を脱がせて山の中に埋めた」

山下は、がっくりと項垂《うなだ》れたまま取調官にぼそぼそと自供した。

なぜ出頭してきたのかと問われた山下は、顔を上げることなく、死体を埋めて逃げたものの早々に発見され、日増しに過熱する報道を見て怖くなり堪《たま》らずに出頭してきたと、これも不明瞭な口調で答えた。

痴情のもつれ。

自白調書が作成され、捜査本部は裏付けに走った。

山下は「頭を殴ったのはクリスタル製の灰皿。首を絞めたのは両手で」と話したが、捜査本部にその供述を信用した者はいなかった。死体の鼻腔の奥、さらに気管支から砂の粒子が発見されていたからだ。

土に埋められた者は土砂の重みで身動きが取れなくなる。指一本動かせない。しかし微小な土砂は、被害者の呼吸に合わせて鼻の奥へと吸い込まれていく。多量にではない。少しずつ、空気を求める肺の動きとともに、砂の粒子が鼻に侵入し気管や肺にまで入っていくのである。そして被害者は、暗闇のなか、静寂に包まれ、全身を圧迫されながら窒息して死んでゆく。

宮原の死因が、生き埋めによる窒息であることは報道発表されていなかった。脳挫傷と窒息の所見が認められたということだけが発表されていた。脳挫傷で死んだのか窒息で死んだのか、窒息の原因が何なのかについては、捜査中であることを理由に発表が見送られていた。

捜査本部が発表を控えた本当の理由は、真犯人を割り出すためだ。被害者が土に埋められるまで生きていたことは捜査本部と真犯人しか知らない事実である。犯人になりすまそうとする第三者――その多くはいたずらで一一〇番通報してくる馬鹿者――を排除するための仕掛けだ。これを「無知の暴露」という。捜査官が知らず、かつ、真犯人しか知りえない事実を供述する「秘密の暴露」の反対語ともいえる。

山下の供述も無知の暴露だった。被害者は扼殺《やくさつ》されたのではない、生き埋めにされて死んだのだ。取調官からそう告げられた時、山下は言葉に詰まったという。

しかし、山下はすぐに「頭を殴って首を絞め、それで宮原がぐったりとしたので死んだものと思い込んでいた。生きていることに気付かず埋めてしまった」と供述を微妙に修正した。

生き埋めによる窒息が死因であることを山下に告げたのは、取調官のミスだったと飯綱は思う。扼殺ではないことだけを伝えて、あとは山下に喋《しゃべ》るだけ喋らせればよかったのだ。そうすれば、真の死因を知らない山下の供述はどこかで破綻したはずである。そのための「無知の暴露」の仕掛けだ。

苦々しく飯綱は思ったものの、取調べ担当の巡査部長を非難する声が捜査本部で大きくなることはなかった。犯行現場とされた宮原の自宅マンションから山下のDNA型が検出されたためだ。マンションの床から鑑識課員が採取した毛髪や皮膚片などの微物と呼ばれる極小遺留物をDNA型鑑定にかけたところ、山下のDNA型と一致したのである。

警察庁の『DNA型鑑定の運用に関する指針』、『DNA型鑑定の運用に関する指針の運用上の留意事項について』といった通達に基づいて、被疑者は初回の取調べの後にＤＮＡ型鑑定に使用するための資料の提出を求められる。このシリョウは捜査対象としての「資料」であり、単なる検査対象としての「試料」ではないから、通達などでも「試」ではなく「資」の字が用いられる。資料提出は任意という形ではあるものの、提出に応じるまで捜査官から延々と説得されて実際には例外なく提出することになる。半ば強制のようなものだ。

　資料提出を承諾した被疑者は、まず水の入った紙コップを渡され、口の中に残っている食べ残しなどの不純物を洗い流すため念入りに口をゆすぐように言われる。次に、特大の綿棒が入った口腔内細胞採取キットと呼ばれる袋を渡され、綿棒を取り出して先端の綿の部分を口の中に入れ、両頬の内側の粘膜を数回擦《こす》るように指示される。最後に、採取キットに同封されている保管袋に擦り終えた綿棒を入れて密封し、捜査官に渡す。作業はすべて捜査官の前で行なわれる。都道府県警ごとに、採取キットの型式や、七回か十回かといった口の中を擦る回数、両頬内側に加えて舌の下など擦る部位が微妙に違ったりはするが、手順は全国共通で、このようにしてＤＮＡ型鑑定用の口腔内細胞が収集されている。

　山下からも、この手順に沿って資料が採取され、ＤＮＡ型が鑑定された。

山下は、自白調書とDNA型を証拠として死体遺棄と殺人の罪で逮捕された。これが四月八日のことだ。捜査本部は二十三日間の逮捕勾留期間を使って、山下をじっくりと取り調べるつもりだった。

しかしそんな捜査本部の思惑と裏腹に、出頭直後の取調べで自白したあと山下は黙秘を貫き通していた。毎日、留置場から取調室に連行されてくると「黙秘」とだけ言い、あとは取調官が取調べ終了を告げるまで机の一点をじっと見つめて言葉を発せず身じろぎひとつしない。

山下の供述を得られぬまま、四月三十日の勾留延長満期が捜査本部に迫っていた。

第二章

特異不明

1

――酷《ひど》い顔をしている。

飯綱は洗面台に手を突き、鏡の中の顔を見つめた。濃い眉に若干吊《つ》り上がり気味の目。その目元に少し隈《くま》がある。短い前髪に顔を洗ったあとの水しぶきが残り、雫《しずく》を垂らしていた。

――これが三十五を過ぎた男のツラか。

洗面台横に掛かったタオルを取ると、乱暴に顔を拭き、洗濯機へと放り込んだ。

中野坂上《なかのさかうえ》にある単身者向けマンション。1DKの部屋の片隅に、統一規格の白い洗面台が押し込まれるように備え付けられていた。その左には中折れドアを挟んでユニットバスが設置されている。

飯綱は顔を拭いたあともしばらく鏡を見つめていた。

昨日、迫口管理官に直訴したのち、田中係長から捜査本部を外れるよう言い渡された。捜査があらかた終わり、捜査本部の人員縮小に伴う命ではあったものの、被疑者の起訴前に所轄の人間ではなく捜査一課の人間を外すことは珍しい。しかも飯綱は主任として三人の班員を率いる立場だ。不満分子として上司に睨《にら》まれた、そう考えるのが自然だった。

田中から宣告を受けたあと、飯綱は三人の部下たちと高尾警察署近くの居酒屋に入った。飯綱が外れても三人はそのまま捜査本部に残ることになる。勾留延長満期まであと五日、被疑者も自白調書も揃《そろ》っており、あとは書類作成が主な仕事ではある。それでも部下を残しひとり捜査本部から外れることに苦いものを感じていた。しかもこういった結果になることは半ば予想できた。駄々っ子のようにわがままを言って捜査本部を外れたに等しい。「自分勝手なことをしやがって」「好きな捜査しかしないつもりか」そういった非難を受けても仕方のない行為だ。だが飯綱の憤懣《ふんまん》を酌《く》んだとみえて、半個室のテーブル席で不満や批判を口にする者はいなかった。

「主任、そうむくれんでください。私らは主任のスジが間違っとらんことはよう分かっとりますから」そう励ましてくれたのは石井《いしい》巡査部長だ。年嵩《としかさ》だが地道な作業も厭《いと》わずにこなし、班員をよくとりまとめてくれる昔ながらの部長刑事だ。酒が入るとたまに郷里岡山の言葉が顔を出す。「いやいや、捜査会議で却下されたスジを持ち出すのはあんまりじゃないすか、本当に腹芸ができないんだから」「私は感心しましたよ。それだけ自分の見立てに自信があるということですよね」巡査部長になりたての津和《つわ》はシニカルな口調で冷やかし、巡査部長への昇進を目指している馬場巡査は褒めているのか貶《けな》しているのか分からない。

言い方は違えど三人が気遣ってくれていることが分かる。コップに注がれる日本酒を水のように流し込みながら、だが飯綱の思いは別のところにあった。

——所詮《しょせん》は社会の安全装置か。

マスコミは真実の追求を警察に要求する。しかし警察が担うのは犯人の検挙である。真実の追求ではない。被疑者として手を挙げる者がいて、その者が有罪宣告を受けるだけの証拠が揃っていれば、それでよい。これは警察の怠慢ではない。そのようなシステムなのだ。そうでなければ刑法犯だけで年間百万件近くにものぼる事件を捌《さば》くことなどできはしない。警察が真実を追求するのは、それが犯人検挙に不可欠だからだ。逆にいえば、犯人検挙に不要な真実は、警察には必要ない。

飯綱はそんな当たり前のことに苛《いら》つき、今さらそんなことに苛つく自分になお苛ついて、黙々と酒を飲んだ。

洗面所からベッドのあるフローリングの居室に戻ると、枕元のクローゼットから灰色のスーツを出して手早く着替え、財布やメモ帳をスラックスのポケットに突っ込む。

警察バッジから伸びる紐の先端をジャケットの内ボタンに繋《つな》ぎ、本体を内ポケットに落とし込んだ。黒一色の運動靴を履いて部屋を出る。中野坂上駅から地下鉄丸ノ内線に乗り、霞ケ関《かすみがせき》駅で降りると警視庁の副玄関まで歩く。駅の地上出入口から副玄関までは僅《わず》かの距離であるが、冷たい朝の風に体熱を奪われた。時季遅れの寒気が上空に居座っていた。総合庁舎六階の捜査一課室に入り、自席に座る。

すでに午前八時十五分をまわっていたが、第四係の島には書類仕事をしている田中以外に人の姿はなかった。皆、高尾警察署に詰めている。田中も決裁書類を仕上げたらすぐに高尾警察署に向かうはずだ。

パソコンが起ち上がり、書類作業に取り掛かろうとした矢先だった。

「ヅナ、ちょっと」

高音だがよく通る声で田中に呼ばれた。無言で係長席に目をやる。視線に昨日の恨みを込めた。

「そんな目で見ても仕方ないだろうよ。ちょっとこっち来い」

不承不承立ち上がり、係長席へと近付く。

「前は神田《かんだ》署だったよな」

「はい」

飯綱の答えにひとつ頷《うなず》くと、田中は「ちょっと来い」とまた言って、部屋の奥にある管理官席前へと飯綱を引き出した。

「管理官、先ほどの件ですが、おっしゃるとおり飯綱を行かせます」

迫口は書類に向けていた顔を上げ、じろりと飯綱を見据《みす》えた。高尾警察署の講堂から捜査一課の大部屋に場所を変えただけで、迫口の前に田中と飯綱が並ぶ光景は昨日と同じだ。殺人犯捜査第四係から第六係までの第三強行犯捜査を束ねる管理官の眼光も変わらず鋭い。

「説明してやれ」

迫口に指示され、田中は飯綱に体を向けた。

「昨日、一ツ橋《ひとつばし》の交差点で事故があってな。事件性があるかもしれんから、人を出してくれと神田署が言ってきてる。応援に行ってやれ」

飯綱は露骨に顔をしかめた。

「どういうことでしょうか。轢《ひ》き逃げ事案なら交通捜査の出番でしょう。一課から人を出すとは聞いたことがありません」

田中に顔を向け、それでいて迫口にも聞こえるようはっきりと言う。

「早とちりしなさんな。轢き逃げじゃない。所轄の報告ではな、車から飛び降りた男が対向車に轢かれた。ところが轢かれた男は、飛び降りた車から出てきた男女二人に抱えられて元の車に乗せられ、そのまま連れ去られた。ところが付近の病院からは事故に遭った男が担ぎ込まれたという報告はあがってない。交通捜査の出番だと思うか」

「略取監禁の可能性があるとでも」

「それをお前さんが調べるんじゃないか」

「所轄で足りるのでは。それに事件性判断なら一係か二係の出番のはずです」

第一強行犯捜査の強行犯捜査第一係と第二係は、重要事件発生の際に現場に急行し捜査態勢を検討する役割を担っている。田中に代わって迫口が答えた。

「ホトケがあるならな。田中が言ったはずだ。男は車から飛び出して対向車にぶつかった。交通犯罪としてみた場合、対向車の運転者に過失があるとするのは難しく、自動車運転過失致傷が成立するとは思えん。一方で、男を連れ去った行為も救護義務を果たすためとも考えられ、こちらも略取監禁とはいえん可能性がある。所轄も交通課と刑事課が動いているが、被疑事実をどうするかなど手に負えんところも多い」

「古巣だろ、助けてやれ」

口を挟んだ田中を一瞥《いちべつ》して迫口が続けた。

「乗用車は黒塗りの古いクラウンで、飛び出した男も、乗用車から降りてきた男女も、みんな黒か濃紺のスーツを着ていたそうだ。車と人着《にんちゃく》からして、マル暴関係とは考えがたい。飛び出した男は重傷を負っている可能性がある。生命の危険もあるかもしれん。何が起きているか調べろ」

「しかし、まだ事件にもなっていません。特異不明かもしれませんが、届出もないのでしょう？」

犯罪被害により身体や生命に危険が予想される行方不明者を特異行方不明者という。『行方不明者発見活動に関する規則』に従い、行方不明者届が提出されると特異行方不明者手配など所定の捜査活動が行われる。飯綱の抗議に迫口は取り合わなかった。

「警察が動くべきときがある。そういうことだ」

言うと迫口は飯綱に興味を無くしたように書類に目を落とした。話は終わりということらしい。田中とともに第四係の島に戻る。

「ウチが事件番になるまで間があるが、まあ、なるべく早く片付けろよ」

飯綱は第四係に三人いる主任のうちの一人だ。捜査一課にいた飯綱は、三年前に神田署に異動になり、そこで警部補の昇任試験に合格した。ふたたび捜査一課に戻り主任となってまだ一年足らずで、三人の主任の中では最新任である。第四係は現在捜査本部を持っているため次の事件が配点されるようになるまでには時間があるが、それでも係長の立場からすれば事件発生に備え三人の班員を抱える主任を手元に置いておきたいのだろう。

「分かりました」

自分で振っておきながら勝手なものだとは思ったものの従順に答えた。

「警察が動くべきときがある」迫口の言葉が頭の中でこだましている。飯綱は迫口の真意を摑みかねていた。

2

神田警察署の白い建物に入り、刑事組対課室に向かう。神田警察署には二度勤務した。二度目に捜査一課から異動したときは当然のように刑事組対課強行犯係を担当した。部屋に入ると、その強行犯係の係長席に座る辛島《からしま》が声を上げた。

「お、捜査一課の新任主任がおでましや」

その声で課長席の鈴木《すずき》が顔を上げる。

「課長、迫口管理官より応援として派遣されました」

辛島を無視して課長席の前に立ち、正しく十五度に体を曲げて敬礼した。捜査一課に戻る前の一年間、鈴木の下で働いた。

「やはりお前が来たか。管理官の口ぶりから、そうなるのではないかとは思っていたが」

言いながら鈴木課長は立ち上がった。

「辛島、昨日の一ツ橋交差点の件で、飯綱警部補に応援に入ってもらう。事案説明の後、尾形《おがた》を付けて捜査に入ってもらえ」

指示を終えると飯綱に向き直った。

「まだ事件化するかどうかも分からない事案だが、車に衝突した人間が病院に運び込まれていないというだけでも捜査に値すると、そう迫口管理官は考えているようだ。こちらだけで捜査にあたるつもりだったが、管理官から人を出すと言われ甘えることにした」

所轄からの要請ではなく、管理官の指示だったか。内心驚いた。応援要請を受けて派遣されたはずではなかったか。

鈴木課長はもともと捜査一課が本籍地で、迫口の直属の部下だったこともある。だから事件とすべきか迷った鈴木が、ホットラインで迫口に相談した可能性はある。だが迫口はこれ幸いというように飯綱を押しつけた。事件かどうかも定かでないにもかかわらず、捜査一課の警部補を管理官が動かすというのは不自然だ。やはり昨日の直訴が関係しているのか。迫口の怒りの大きさを垣間《かいま》見たようで暗澹《あんたん》とした。

辛島に促されて部屋の隅にある応接セットへと移動する。

「事故発生日時は昨日午後二時二十八分。発生場所は一ツ橋交差点。水道橋方面から一ツ橋河岸《がし》に向けて走行しとった黒色乗用自動車が、対面信号赤のため一ツ橋交差点の停止線で停車した。対面信号が青になり発進したかに見えたんが、突然右後部ドアが開き男が飛び出した。対向車線を走っとった普通乗用車の運転者は急ブレーキを踏んだが間に合わんで男はバンパーに当たったらしい」

辛島は手元の報告書を見ながら、訛《なま》りを隠そうともせず面倒くさそうに続ける。

「男が対向車にぶつかったことは確からしいが詳細不明。というのも、男が飛び出した車、これはクラウンと特定されとるが、そのクラウンから男女一名ずつ計二名が降車し、倒れとる男をクラウンに運び込んだ。その後、車は一ツ橋河岸方面へと走り去っとる」

辛島が報告書をめくった。飯綱はメモをとらずにじっと聞き入る。

辛島の話はすべて報告書に記載されている。メモは後でとればいい。メモをとる代わり、飯綱は情報の映像化に意識を集中させていた。事案把握には頭に映像を描くのが一番だ。記憶にある一ツ橋交差点に、辛島が話した自動車、人物を載せて場面を思い描く。

「マル目《もく》は多数。クラウンの車両登録番号も目撃者の供述から特定されとる」

陸運局発行の自動車登録事項証明書を辛島が示した。

「車は都内の食品会社のもので、社名はサクラ・ウェルネス株式会社。サクラ発酵《はっこう》株式会社はお前も知っとるやろ。その子会社やな」

サクラ発酵株式会社は、食料をはじめ調味料、サプリメント、更には薬剤などを開発、販売している東証一部上場企業で、資本金は二百億円近かったはずだ。名前からして、サクラ・ウェルネスはサクラ発酵の健康食品開発部門だろうと見当をつけた。

「ところが、昨夕になってサクラ・ウェルネスからクラウンの盗難届が提出された。盗難車ということでNシステムで検索をかけたが、走行車両ではヒットなし。今は過去データとの照合結果待ちだ。現場周辺の防犯カメラ画像も領置しとる。こちらはSSBCに回した」

道路に設置されている自動車ナンバー自動読み取り装置をNシステムという。SSBCと略称される捜査支援分析センターは、電子機器のデータ解析や防犯カメラの画像分析を中心とした業務を行なう警視庁刑事部に設けられた部署だ。

「男は自分でドアを開けて飛び出したように見えた、と複数の目撃者が供述しとる。クラウンから降りた二人組のうち、男は運転席から、女は左後部のドアから降車した。飛び出した男も、男女二人組も、全員が黒か濃紺のスーツを着とったらしい。女はパンツスーツ、髪型はポニーテイル。男は白人だったという話もある。飛び降りた男はまだ若く、中学生か高校生のようにも見えたそうだ」

辛島の表情が渋いものになる。辛島の性格からして、子供が被害者である可能性に心が痛んだというよりも、当事者が外国人となれば大使館を相手にするのが面倒だと考えたのだろう。

「現場には交通鑑識が入った。遺留物はなし」

「交通鑑識？　捜査鑑識ではなく？」

「発生直後は略取監禁なんて思いつきもせんやったんやろ。刑事課から鑑識は出とらん。いつまでも交差点を封鎖するわけにはいかんし」

「分かりました。続けてください」

「いや、あとは対向車に関することぐらいや。こっちは個人の所有、運転者は後楽園《こうらくえん》に向かっとった都内に住む男性。自動車運転過失致傷の成立は難しかろうというのが交通課の意見やな」

「一ツ橋交差点に交通監視カメラはありましたか。近くの錦町《にしきちょう》河岸交差点にはあった覚えがあるのですが、一ツ橋交差点にはなかったような」

「その通り、一ツ橋交差点にはない。河岸交差点に比べて事故が少ないもんで」

「すると、領置した映像は交差点にある建物の入口のカメラですか」

「共立《きょうりつ》講堂のカメラには映っとらんで領置せず。学士会館《がくしかいかん》のカメラも厳しいようで、あとは興和《こうわ》ビルと学術総合《がくじゅつそうごう》センターのカメラぐらいや」

興和一橋ビルは一ツ橋交差点の南東の角、学術総合センターは南西の角に位置するビルだ。学士会館と共立講堂はそれぞれ北東、北西の角にある。建物と車道の間には歩道があって植栽もある上、そもそも車道に向けた防犯カメラではないため、期待薄といえた。

突然、ニヤッと辛島が笑った。

「実はクラウンの後続車に貨物トラックがおってな、そのトラックがドライブレコーダーを付けとった。その映像も押さえとる。交通課の話では当事者全員、飛び降りた男も男女二人組も姿が映っとったそうや。こっちもSSBCに回しとる」

交通課の捜査の賜物《たまもの》であるが、自分の手柄のように辛島は言った。

「まあそのうちNシステムでクラウンが引っ掛かるやろ。一課の主任殿に出ばってもら必要はなかったな」

辛島の皮肉を飯綱は聞き流した。

辛島の階級は飯綱と同じく警部補だ。捜査一課への配属を希望しているものの、六年にわたって神田警察署で刑事組対課の席を温めている。年下でありながらいずれ捜査一課に戻ることを前提に異動してきたような飯綱に、執拗《しつよう》ともいえるほど辛島は絡んだ。飯綱は相手にせず適当にあしらっていたが、それが余計に癇《かん》に障ったらしく陰に陽に嫌がらせを受けた。

「分かりました。実況見分調書は交通課ですね。行って見せてもらいます」

「ああ。担当は西森《にしもり》巡査長や。ところで、内勤になったばかりの尾形という若いのがおる。今ひったくりの調書をとっとるが、間もなく手が空くやろ。こいつを自由に使ってくれて構わん。だが早いとここっちに戻してや。使い勝手がいいもんでな」

「努力します」

型どおりに答えてから聞いた。

「ところで、この件、辛島係長はどう思います」

「おや、一課主任殿から意見を聞かれるとは」

皮肉を含んだ言葉とは裏腹に、満更でもない表情だ。

「被害者が病院に運ばれとらんことは確かや。車にぶつかったのに病院に行かんというのはそれなりの事情があるんやろう。しかしその事情というのが警察が動かなきゃあならんようなものかは分からん。単にカネが無くて病院に行かんだけかもしらん。まあ、届出があってからで十分やろ」

「つまり、今、捜査を行なう必要はないと」

「課長の手前、大きな声では言えんがね。お前さんにはご苦労なことでよ」

ふざけるように言うと、辛島は嘲《あざけ》りに近い笑みを浮かべてソファから立ち上がり、自席へと戻っていった。

後に残された飯綱はため息をついた。辛島は、車に衝突した男の安全について全くといっていいほど気にかけていない。一方で、辛島のように「事件化してから動く」という考え方が少数派でないことも分かっていた。むしろそちらのほうが多数派だろう。事件にならなければ動かない、動けない、というのは司法警察に内在する宿命ともいえる。

飯綱はポケットからメモ帳である黒色カバーの執務手帳を取り出した。辛島が置いていった捜査記録を読み返しながら、必要と思われる事項をやや右上がりの小さな字で細かく書き写していく。メモをとりながら今後の捜査方針を検討する。

まずはクラウンの行き先を確かめるのが最優先だろう。被害者の状態。男女二人組の素性。連れ去りの意図。この三点を確認しなければならないが、クラウンの行き先を特定できれば自ずと明らかになるはずだ。

サクラ・ウェルネスが届け出たという車両盗難届を読み始めた。盗難場所は山梨県北杜《ほくと》市の清里《きよさと》高原にあるサクラ・ウェルネス八ヶ岳《やつがたけ》研究所の駐車場。被害日時は交通事故当日の四月二十五日午前一時から午前八時と幅のある記載となっている。

事故発生後に盗難届を出してきたというのはいかにも不自然だ。盗難場所とされている研究所周辺の防犯カメラ映像を押さえる必要がある。もし本当に窃取《せっしゅ》されたのであれば、男女二人組か、それに繋がる人物の姿が撮影されているだろう。

仮に窃取されたという話が虚偽であれば、二人組はサクラ・ウェルネスの関係者ということだ。サクラ・ウェルネスの後ろには資本金二百億円のサクラ発酵が控えている。慎重に当たらねばならない。当面は交通事故ではなく、盗難届の捜査に絡めて動くほうが無難だろう。飯綱は手帳にボールペンを走らせ、盗難届の内容とともに思いついたことを記入していく。

盗難届が真であるにせよ偽であるにせよ、山梨から一ツ橋交差点までの走行経路と、そこから先どこに向かったかはNシステムが教えてくれるはずだ。運用開始以来、全国のＮシステムが読み取った走行車両のナンバーは場所、時刻とともに警察庁情報管理局が所管する情報管理システムに全て蓄積されている。

捜査記録から必要な情報を書き取った飯綱は、手帳を閉じて立ち上がった。階下の交通課に行き、実況見分調書を見せてもらう。幸い西森巡査長は在席していたものの、報告書以上の情報は得られなかった。逆に言えば、交通捜査係から強行犯係に引き継がれた西森の報告書が過不足のないものだったということだ。何となく満足を覚えながら飯綱が刑事組対課室に戻ると、強行犯係の島で一人の青年が飛びあがるように立ち上がった。辛島が自席に座ったまま、青年を親指で指してぞんざいに言う。

「こいつが尾形巡査だ。尾形、飯綱警部補だ。面倒を見てもらえ」

飯綱の所属先を言わないのは忌々しいからだろう。

辛島の態度とは対照的に、尾形は折り目正しく飯綱に敬礼する。答礼を返しつつ尾形を観察した。交番勤務と警察学校初任総合科を経て内勤になったばかりであろう、いかにも若々しい雰囲気を漂わせている。身長は飯綱より頭ひとつ分は低いが、スーツの肩から胸にかけてのラインが張り出しているのは大胸筋が発達している証拠だ。潰れた耳といい、柔道かラグビー、あるいはそれに近いスポーツをやりこんでいるに違いない。手合わせは遠慮したいと思わせる体型だった。

「尾形巡査、事案概要は把握しているな」

「はい！」威勢よく尾形が答える。

「一ツ橋交差点に行こう。現場を確認しておきたい」

二人は神田警察署を出ると交差点に向かった。署と一ツ橋交差点は指呼《しこ》の間《かん》にある。交差点の車通りは多くはないが、かといって極端に少ないわけでもない。辛島が言ったように事故自体は少ない交差点だ。

青信号になるのを待ち学士会館と興和一橋ビルの角を結ぶ横断歩道の真ん中あたりに立つ。男が倒れたとされる地点を見つめ、それから周りを見渡した。南側には一ツ橋河岸交差点、その向こうに首都高速の高架が見え、東側には神田警察署の白い建物を望むことができる。北側は白山通りが延び、西側には南側と同じく高速の高架が見える。改めて現場を頭に叩き込み終わると警視庁に戻ることに決め、その道すがら定食屋に寄って早めの昼食をとった。とんかつ定食のご飯大盛りを平らげながら、尾形が飯綱に聞く。

「これからどうしますか」

「まず男女二人組の写真を手に入れる。防犯カメラかドラレコに映っていたら、ＳＳ

ＢＣでプリントアウトしてもらう。それから山梨に行ってクラウンの盗難現場とやらを見る。山梨から帰ってきたころには、Ｎシステムによるクラウンの走行経路の解析も終わっているだろう。あとはそれから考えるさ」

野菜炒め定食を食べながら答えた。ドラレコはドライブレコーダーと呼ばれる車載カメラのことだ。

「山梨出張ですか。上が認めますかね。共助で済ませろと言われませんか」

「嫌とは言わせないさ」

わざわざ俺が動いているんだから、とまでは飯綱は言わなかった。しかし尾形の言う通りで、捜査費の管理は日に日に厳しさを増しており、出張費を抑えるために山梨県警への捜査共助要請で済ませろと言われる可能性があった。だが盗難届の真偽を見極めるために山梨出張は譲れない。

食事を終えると警視庁別館にある捜査支援分析センターへと向かった。情報支援係の部屋に入ったところで、見知った顔が飯綱に声をかけてくる。

「珍しいですね、一課の警部補がこんなところまで」

科学捜査官の玉木《たまき》だ。国立大学大学院で情報工学を学び、大手ＩＴ企業に勤めたのちに警視庁に入庁した。画像解析については全国トップクラスの技術を持ち、画像解析ソフト開発のために警察庁科学警察研究所へ出向した経験もあるという。

「玉木さんか、ちょうどよかった。昨日、神田署から回ってきた略取監禁の画像解析は終わってるかな」

「昨日だったらまだかもしれませんね。最近は特に忙しかったから。ちょっと確認しましょう」

鼻頭にずり落ちていた銀縁眼鏡を人差し指で押し上げながら玉木は椅子に座り、パソコンのマウスを動かし始めた。事件管理ソフトを起ち上げて検索しているらしい。

「監禁ですか。神田署ですよね。おかしいな、自動車運転過失致傷の資料しかきていませんが」

「ああ、それだ。自動車運転過失致傷から略取監禁に被疑事実が切り替わりそうなんだ」

「それは大ごと。ちょっと待ってください」

玉木はキーボードを叩いた。

「担当の大野《おおの》が、送付された三つの映像素材のうち一つのダイス処理まで終わらせています」

DAIS《ダイス》は警視庁が採用している画像解析ソフトである。主に動画像からの静止画像の抽出と、アルゴリズム処理による抽出静止画像の鮮明化を行なうソフトだ。

「急いでいるんだ、画像をプリントアウトできないか」

「うーん、報告書を待ってもらったほうがいいんですけどねぇ」

「略取監禁に切り替わるかもと言ったろ。車にぶつかった被害者が連れ去られてるんだ。時間が経てば経つほど命に危険が及ぶ可能性がある」

「それは大ごと。分かりました」

先ほどと同じ言葉を呟《つぶや》くと、玉木はマウスを操作しながら液晶モニターを睨んだ。

「大野が処理しているのはドライブレコーダーの映像ですね。元の画質がHD1080ですから、ドライブレコーダーにしてはまあまあ高画質です。どんな静止画が欲しいんです」

「黒のクラウンから飛び出して対向車にぶつかる男性と、その男性を連れ去る男女二人組のガンクビを」

「分かりました」

玉木が真剣な表情で液晶モニターを見つめる。画面は反対を向いておりそこに何が映っているのか飯綱からは見えない。玉木の席に近づくとモニターを覗き込んだ。

玉木は、静止画像を次々と呼び出してはそのうちの数枚を選び手動で画像を補正していく。画像が呼び出されるウインドウの隣には別のウインドウが開かれており、そこでは抽出元と思われる動画が繰り返し再生されている。時折その再生映像を見て人物の動きを確認し、静止画像のパラメータ数値を調整して玉木は画像を鮮明化していった。

しかし飯綱の目は、鮮明化に没頭する玉木の作業にではなく、繰り返し再生される動画に釘付けになっていた。

動画は、交差点手前で先行車が停止している状態から始まる。貨物トラックのフロントガラスから撮影されているだけあって視点が高い。白の小型乗用車を挟んだ二台前に黒のクラウンが停止している。すぐに対面信号が青になり、クラウンが動き出したと見えた瞬間、その右後部ドアが開き、男が飛び出した。男の右手がドアの内側取手あたりを押しており、目撃者供述の通り自らの意思で飛び出しているように見える。路上で受け身を取るように転がった男に、対向車線を走ってきた銀色のセダン型乗用車が突っ込んだ。急ブレーキがかかり車のフロントが沈み込む様子が見える。男のどこが対向車に当たったかは映像からは特定できない。

時間が止まったような数瞬の後、クラウンの運転席から大柄でブロンドに近い茶髪の男が、左後部座席から黒髪を後ろで束ねた女が降りて路上の男に近づく。降りてきた男女は路上の男同様に黒色に見えるスーツを着ている。運転席から降りた男に向けて女が二言三言喋ると、運転席の男は倒れている男の脇の下に手を入れ、上半身を抱え上げた。力なく垂れ下がっている足を女が持ち、二人で男をクラウンへと運んでいく。ドアが開いたままの右後部座席に後ろ向きで女が乗り込み、男の体を車内へと引きずり込んだ。大柄な男が後部座席のドアを閉め、運転席に乗り込むとすぐにクラウンは発進し、一ツ橋河岸方面へと走り去った。全体で十五秒ほどの映像だった。

飯綱は繰り返し流れる動画を飽きることなく見つめていた。すると突然ウインドウが閉じられ、代わりにモニター画面に三枚の静止画像が映し出された。

「急ぎで出来るのはここまでですね。一番右端の画像は、クラウンから飛び出して対向車にぶつかった男のもの。車から飛び出した瞬間を静止画像として抽出し、鮮明化したものです」

その画像は、顔の右側を映したものだった。動画から抽出した静止画像を更に拡大したせいか、画像の粒子は粗く、目鼻立ちはそれとなく分かるものの、年齢や顔の特徴を掴むことは困難だ。

「左二枚は倒れた男を車に運び込んだ二人組のものです。女性のほうは倒れた男をクラウンに運ぶ際、カメラに顔が向いたコマがあったので、それを鮮明化しました。これが一番綺麗に出来たかな」

玉木の言う通り、その画像は他の二枚とは比較にならないほど鮮明だった。後ろでまとめられたポニーテイル状の髪、細い眉に勝気そうな瞳、やや大ぶりな鼻、そして固く結んだ唇といった顔の造形を読み取ることができる。

「最後の一枚は運転席の男のもの。残念ながらいいコマがなくて、鮮明化も良好とはいえない。エッジ検出と領域分割を厳密にやればもっと鮮明になると思いますが、時間がかかります。どの画像も時系列画像からの動画像処理と受動、能動ステレオ法をやれば三次元復元も可能ですけど、それらは科捜研の機材じゃないと無理ですね」

「いや、これで十分だ。助かった」

「被害者、早く見つけてあげてくださいね」

三人の顔をプリントした印画紙を渡しながら玉木が言う。飯綱は強く頷いた。

3

「運動靴なんですね」

靴に付いた埃《ほこり》を助手席で払っていると、運転する尾形が話しかけてきた。車は中央自動車道を走っている。サクラ・ウェルネスの八ヶ岳研究所に向かうところだ。手を止めることなく埃を落としながら飯綱は言った。

「俺たちは足が商売道具だからな、歩きやすさはこれが一番だ」

「教場では、刑事になっても革靴をきちんと履けと言われました」

「今は何事も機能性重視の世の中さ。軽さ動きやすさでこれに勝る靴はない」

そう言ってから付け足した。

「革靴を履き続けることは悪いことじゃない。学校で叩き込まれたように、形《かた》は実《じつ》を表す。服装や靴といった身だしなみはどんな世界でも重要だ。俺たちにはバッジがあるが、それでも相手はこちらのナリを見ている。知能犯係が磨いた革靴を履いているのも、企業や官庁を相手にすることが多いからだ。要はＴＰＯに合わせた服装で、そういった意味で革靴はもっとも無難だ」

「安心しました」

磨き上げられた革靴を尾形は履いていた。

「だが内偵時には、底の固い靴はやめておけ。足音で尾行がバレることがある。コツッという音は意外と響くんだ。底の柔らかい靴を履くべきで、そういったことも含めてのＴＰＯだ」

　車は甲府の街を通過した。出発前に一課部屋を覗いたが、案の定、田中は高尾の本部に出ていて不在だった。田中の未済箱に出張願を放り込むとさっさと部屋を出て、神田警察署から尾形が回した車に乗り込んだ。中央自動車道に入ったところで田中に電話をかけて出張許可を求めた。しばらく小言を言われたものの最後には許可を得《え》、続いて鈴木課長に電話をかけて尾形の出張許可を求める。鈴木は一瞬言葉に詰まったものの、すでに山梨に向かっていることを伝えると山梨県警への連絡も引き受けてくれた。飯綱に対してそれなりに気を遣っているようだ。

八ヶ岳研究所に電話して盗難現場の見分と、在所している最高責任者との面会を依頼する。警視庁から研究所まではほぼ三時間の道のりで、到着した時には午後四時を回っていた。

　玄関にほど近い屋根付きの来客用駐車スペースに車を停める。玄関先には防犯カメラが設置されていた。車を降りると冷たく澄んだ高原の空気に包まれる。玄関脇のインターホンで用向きを伝えると、灰色ベストに紺色スカートの制服を着た事務職員が現れた。バッジを示してもう一度用向きを伝え、応接室へと案内される。研究所内の壁や廊下は白色で統一されており病院かクリニックを思わせる。窓から差し込む夕陽が明るい朱色に館内を染めていた。

応接室は十二畳ほどの広さで、床には毛足の長い濃茶色の絨毯《じゅうたん》が敷き詰められており、中央には革張りのソファと大理石のテーブルの応接セットが置いてあった。部屋には大きく切り取られた窓があり、山々の向こうに冠雪した富士山が見える。飯綱は尾形とともにソファに身を沈め、残雪が夕日に染まり始めた富士山にしばし見とれた。

「お待たせしました」

入口から声がかかり、そちらのほうを向く。飯綱と尾形の体が固まった。

部屋に入ってきたのは白衣を着た長身の女性だ。肩甲骨のあたりまである艶のある黒髪に、瓜実型の輪郭、形よく整えられた細い眉の下にある大きな瞳は薄い茶色だ。鼻筋は細く通っている。三十代半ばを過ぎているようでもあるし、二十代のようでもある。目を見張る美貌が年のころを摑みにくくしていた。街ですれ違えば二度見してしまいそうだと飯綱に思わせた。

「所長代理の水野《みずの》といいます」

動きの止まった二人に優しい微笑みを向けながら女が名乗る。飯綱は慌てて立ち上がった。尾形も立ち上がる。

「失礼しました。警視庁捜査一課の飯綱といいます。こちらは尾形刑事」

そう言って飯綱が礼をすると、隣の尾形も飯綱に倣《なら》って一礼する。そんな飯綱たちに水野は右手を差し出し握手を求めた。その動作に嫌みはなく、欧米式の習慣が身に付いていることを窺わせる。差し出された右手を軽く握りしめると、ひんやりとした感触が飯綱に伝わってくる。同じように水野の手を握った尾形は、無表情を装いながらも赤面していた。

「どうぞお座りください」

水野に勧められ飯綱たちは腰を下ろす。水野は、飯綱の正面に位置する一人掛けソファに浅く腰掛け、背筋を伸ばし、形のよい足を左に流した。

「こちらから盗まれた車のことで、幾つかお伺いしたいことがありまして」

「遠路ようこそ。私どもの車が東京で見つかった、と考えてよいのでしょうか」

「ええ。昨日、東京の一ツ橋交差点というところで事故があり、その関係車両の一台がこちらから盗難届が出ている車両と思われます」

「事故ですか。車も故障を？」

「車は無事だったようですが、事故直後に現場を去っており、今も行方を捜査しています」

「じゃあ、車は目撃されただけですか。事故はどのようなものだったのでしょう」

「盗まれた車から男が飛び降り対向車にぶつかったのです」

水野の目が軽く見開かれた。

「窃盗犯が車から飛び出して轢かれた。そういうことですか」

「飛び出した男が窃盗犯だったかは分かりません」

飯綱の言葉に水野は首を傾《かし》げた。

「轢かれた男は何と言っているのですか。それとも話を聞けないほどの重傷なのでしょうか」

「男は、飛び降りた車に乗っていた別の人間によって再び車内に運び込まれ、車はそのまま走り去りました」

「それでは車のシートが汚れてしまっているかもしれませんね」

飯綱が思いもしなかった感想を水野は口にした。

「こちらから車が盗まれたのは、昨日の未明から朝にかけてということでしたか」

「はい。朝、出勤してきた運転手が気付きました」

「しかし届出は夕方に提出されているようですが」

「その日は所長が所外にいて、昼過ぎまで捕まらなかったんです。それから所長の指示で研究所の職員に心当りがないかを確認したり、本社に連絡を取ったりしてるうちに夕方になってしまいました」

大したことではない、とでもいうようにさらりと言った。

「盗難届によると駐車場から盗まれたとか」

「駐車場といっても舗装もされていないただの空き地です」

「高級車を置いておくにしては、いささか不用心なような気もしますが」

「クラウンといっても十年以上前のものですし。それに、まさかこんなところで自動車泥棒なんて。困ったものです」

少しも困っていない様子で水野が言った。切実さを欠いた水野の言葉に飯綱は警戒心を強めた。メモをとるふりをして間を取る。

「運転手詰所から車のキーが盗まれたということですが、その詰所というのはどちらにありますか」

「駐車場の入口です。研究所の本棟にも待機室がありますが、車を使う予定があるときは予《あらかじ》めそちらの詰所で運転手の方が待機していて、研究員が出かけるときに電話で呼んで本棟の玄関に付けてもらいます」

「車を利用するのは主にどなたでしたか」

水野は少し考えこんだ。右手の人差し指と親指で顎を軽く支える。

「私かしら。研究員はみな使いますけど、利用頻度や利用時間ということからすれば私だと思います。東京に行くときにも使いますし」

「東京にはよく行かれるのですか」

「週に二回も三回も行くこともあれば、月に一度も行かないこともあります。時期によるとしか言えませんね。ここ最近は頻繁に行っています。実は、今日も先ほど東京から帰ってきたばかり」

「そうですか。やはりお仕事で」

「ええ」

「ところで、車のキーが置いてあった詰所ですが、警備はどうなっていたのでしょう」

「私も今回初めて知ったのですが、入口に昔ながらのシリンダー錠が一つだけ。研究の秘密保持のために本棟のほうは最高度のセキュリティが施されているのに、お笑い種《ぐさ》です」

自嘲《じちょう》気味に言うが、表情に変化はない。話を始めたときから口の端《は》を軽く上げて笑みを浮かべたままである。

「そういえば、この研究所はどのような業務を行なっているのですか」

「弊社の親会社であるサクラ発酵が、食物や飲料などのほかに健康補助食品やヘルス・サプリメント、薬剤などを販売していることはご存知でしょうか。弊社はサクラ発酵グループの生物学的基礎研究とそれに基づく商品開発を担当しており、当研究所はその中核機関です。臨床施設もあり、設備としては国内最高レベルと言われています。といっても、研究員が数名いる程度の、人員的には本当に小さな研究所ですが。研究秘密に関することもありますので、これ以上は……」

自動車盗難に研究所の業務が関係あるのでしょうか、といった体《てい》で水野は首を傾げた。飯綱は本題に戻ることにした。

「詰所の鍵《かぎ》はどうなっていたのでしょうか」

「開けられていたそうです。どうやって解錠されたのかは分かりません。警察の方のほうが詳しいと思うのですが」

水野は飯綱の目を見て答えた。飯綱も惹き込まれるように水野の瞳を見つめたが、すぐに逸《そ》らした。目に捕らわれては全体を見ることができない。視線だけではなく行動上の徴表、つまり表情の変化やジェスチャー、体の動きをまんべんなく観察するのは捜査官の基本だ。

「失礼しました。犯人に心当たりはありませんか」

「ありません。ただ、ここは高台にあり外部の人間が滅多に近付かないため、駐車場などは警戒が薄くなっていたところがあります。それで狙われたのかもしれません」

「以前に駐車場で車上荒らしなどはありましたか」

「いいえ、少なくとも私は聞いたことがありません」

車上荒らしに味を占めたコソ泥が車を持ち出した、という線はなさそうだ。そうすると犯人は最初から車両窃盗を意図していたことになるが、北杜署によればこの辺りで他に車両窃盗は報告されていない。ともかく現場を見るべきだ。飯綱は事情聴取を切り上げることにした。

「盗まれる前に最後に車を使った方はどなたでしょうか」

「さあ。使用記録を見れば分かると思います」

「使用記録はどういったものなんですか」

「運転手の方が、使用者と使用日時、時間、行き先を書き込む帳簿です。詰所に置いてあります」

「後で見せてもらえますか」

「分かりました」

隣に座る尾形に顔を向け、他に聞くことがないかと目で問いかける。尾形は慌てて首を振った。

「ありがとうございました。盗難現場を見てから失礼したいと思います」

「私からもお聞きしてよいでしょうか」

「今はまだ答えられることのほうが少ないと思いますが、それでよければどうぞ」

「犯人の目星はついているのでしょうか」

「残念ながら」

「車がどこにあるかについてはどうでしょう」

「それも残念ながら」

「でも今は車のナンバーを記録する装置があちらこちらにあるでしょう。車の場所くらいすぐに分かりそうなものですが」

「車が走っていれば捕捉できますが、どこかに停めて放置してあると難しいですね」

「あら、過去の走行記録を検索できるのでしょう」

「申し訳ありません、捜査関係上、お答えできません」

できるだけ何気ない口調で答えた。そんな飯綱を見て、はっきりとした笑みを水野は浮かべた。

「正直なんですね。分かりました、これ以上はお聞きしません」

後味の悪さを感じながら立ち上がり、合皮でできた黒色の名刺入れを取り出す。

「名刺を頂けますか。今後連絡を取らせていただくこともあるかと思いますので」

水野と名刺交換を行なう。水野の名刺には「サクラ・ウェルネス株式会社八ヶ岳研究所　所長代理　医師・医学博士　水野美佐子《みさこ》」とあった。

その時、応接室のドアが開いた。髪に白いものが目立つ、焦茶色のスーツを着た五十代後半と思われる男が入ってくる。

「もう終わってしまいましたか。所長の竹内《たけうち》です」

男は喧《かまびす》しいほどの声で名乗った。飯綱たちが名刺交換を行なっていることに気付くと、すかさず上衣のポケットから名刺入れを取り出し、押し付けるように飯綱に名刺を差し出した。名刺には「サクラ・ウェルネス株式会社総務部長　八ヶ岳研究所　所長　医師・医学博士　竹内正好《まさよし》」とあった。

「所用があって遅れました。話は済んだのかな」

最後のセリフは水野に向けられたものだ。張りのある声といい所作といい、研究者というよりもビジネスマンといった風である。

「ええ、済みました。これから駐車場と詰所を見てお帰りになるそうです」

「そうか、では私が案内しよう。水野くんは仕事に戻ってなさい」

「分かりました。社用車の使用記録をご覧になりたいそうですので、よろしくお願いします」

竹内が右腕を上げて飯綱たちをドアへと誘導する。見送る水野に一礼し飯綱は部屋の外に出た。

「どうですか、捜査のほうは」

エントランスへと並んで歩きながら竹内が話しかけてくる。

「まだ着手したばかりで、何とも言えません」

水野に話した内容を飯綱は繰り返した。

「そうですか。犯人はともかく、早いところ車だけでも見つかって欲しいものです。本社から代車を回してもらう予定になっていますが、いつまでも借りておけるわけではないですからな」

受けとった飯綱の名刺を取り出して眺めると、探るような視線を竹内は飯綱に向ける。

「飯綱警部補は警視庁刑事部捜査第一課ですか。捜査一課といえば殺人事件を捜査するようなイメージですが、何で自動車窃盗の捜査を」

「お話しした通り盗難車が人身事故に絡んでいますので、その捜査を兼ねて窃盗事件の捜査にもあたっています」

「そうですか」

竹内は、分かったような分かっていないような曖昧《あいまい》な声を出したが、それ以上は追及してこなかった。

研究所の外に出ると山から吹きおろす風が強く冷たくなっていて、飯綱は思わず首を竦《すく》めた。しかし竹内は寒そうな素振りも見せずに研究所前の坂道を下り、百メートルほど歩いて立ち止まる。その道路脇に古びたコンテナボックスを転用した小屋が建っていた。

「ここが詰所で奥が駐車場です。社用車はいつも詰所の隣に停めてありました」

そこは縦横二十五メートルほどの平坦な空き地で、舗装はされていない。中央部は土の地面が見えているが、周辺部はくるぶしを超える高さの雑草が生えている。入口から幾つもの轍《わだち》が走り、研究所職員のものと思われる車が四台停まっていた。詰所は、その空き地と道路とが接するところの空き地側に建っていた。横三・五メートル、奥行二・五メートル、高さ二・七メートルほどの大きさの詰所の周りを、飯綱はゆっくりと一周した。

「この詰所はいつからここに？」

「さあ。私が赴任してきた時にはすでにありましたからな。よく分からんが、十年は超えるでしょう」

飯綱は頷くと詰所の入口の前に立った。引き戸で上半分はガラス窓になっており中を覗くことができる。奥の壁にレインコートが二着かかっていた。

入口の鍵を見る。真新しい引っ掻《か》き傷が鍵穴の周りに付いていた。北杜警察署の鑑識係によれば、マイナスドライバーでこじ開けられた可能性が高いとのことだった。

「鍵はかかっていません。というよりも壊れていてかかりません。中もどうぞ」

小屋に入ると中は五畳ほどの広さだった。入ってすぐ左側にスチール机が置いてあり、机の上にはノートパソコンと小型プリンターが置かれ、壁際にはA４サイズの紙ファイルが二冊並んでいる。背表紙には、それぞれ「出勤簿」「使用記録簿」と記載されていた。机の下に三十センチ四方の物体が二つ置いてあることに気付く。腰を屈めてラベルを確認しようとすると、竹内がリモコンで天井のシーリングライトを点けた。ＡＣ百ボルトのポータブル電源だった。

「ここには電線を引いてないんでね。持ち運びできる家庭用バッテリーを使っていて、運転手が帰宅するときに本棟のコンセントにつないで充電するようにしている」

竹内が言った。飯綱は机の上の使用記録簿に手を伸ばした。

「拝見します」

竹内に断ってからファイルを開く。

「社用車使用記録」との表題が印刷された用紙が十二枚綴じてある。表題の横に「運転手」と印刷された欄があり、手書きで名前が記入してあった。表題の下は使用職員名や発車日時、帰着日時、行き先、同行者を書き込む表になっている。最後の日付は四月二十四日、使用者は竹内で行き先は小渕沢《おぶちざわ》駅となっていた。

「盗難前、最後に車を使われたのは竹内所長のようですね」

竹内が横から記録簿を覗き込んだ。

「本当だ。小渕沢駅までということは東京出張かな。水野くんは車で東京まで行くことが多いが、私は列車で行くことが多くてね」

「この時はどんなご用事で東京に行かれたのですか」

「定例の業務報告だと思うが覚えていない。確認したほうがいいのかい」

「いいえ。とりあえずは結構です」

言いながらファイルを机の上に戻した。

「車のキーが置いてあったのはどこでしょうか」

「机の一番上の引き出しと聞いている」

飯綱は引き出しを開けたが、ボールペンが一本入っているだけだった。

「今日、運転手の方は」

「代車が来るまで休みを与えた」

竹内の返答がだんだんと素っ気なくなった。飽きてきたのだろう。引き揚げることにした。

「ありがとうございました」

「もういいのかい。何か参考になったかね」

「ええ。ありがとうございます」

飯綱はもう一度礼を言って小屋を出た。研究所の玄関まで竹内と一緒に歩き、そこで挨拶をして別れる。車が発進した時には、もう竹内の姿はなかった。

中央自動車道まで二人は無言だった。高速の流れに車が乗ると、小さな声で尾形が飯綱に話しかけた。

「収穫はありませんでしたね」

飯綱はちらりと尾形を見やった。

「盗難話は嘘《うそ》だ。車は盗まれてなんかいやしない」

尾形の顔が飯綱に向いた。目を剝《む》いている。

「前を見て運転しろ。事故るぞ」

飯綱は落ち着いて言った。

「詰所のコンテナハウスだ。あれはつい最近置かれたものだ。おそらく盗難届を出す直前に慌てて設置したのだろう」

「しかし、竹内所長は昔からあると」

「あの駐車場は舗装されておらず、土質も決して固くなかった。ところがコンテナハウスの下にコンクリート土台も基礎ブロックもなく、それでいて不同沈下もしていない。つまり最近置かれたものということだ。土台を作らなかったのは、コンクリートの乾燥を待つ時間がなかったからだろう」

飯綱は運動靴の埃を手で払った。

「コンテナハウスには電気引かれておらず、所長はポータブル電源で賄《まかな》っていると言った。清里の冬は日中でも零度を下回る。ポータブル電源のバッテリーなんか、あっという間に尽きる。しかもハウス内に暖房器具もなかった。運転手があそこで待機するなんてとてもじゃないができない。寒いところで張り込みをした経験がないんだろうな、あの所長」

刑事であれば冬の張り込みの辛さは身に染みている。思わず尾形は唸《うな》った。

「もっと言えば、あの所長、被害直前の車の使用状況すら把握していなかった。切迫感がないんだよ」

「じゃあ、あの詰所は」

「盗難話を作り上げるための偽装だ」

「でもなぜ詰所をこさえる必要があるんです」

「防犯カメラだ。普通、来客の送迎にも使う黒色の社用車を露天には置かない。おそらくあの研究所でもクラウンの保管場所は、俺たちが車を停めた屋根付きの来客用駐車スペースの一角だったんだろう。しかし、そこは玄関にある防犯カメラの撮影範囲だ。そこから盗まれたとすれば防犯カメラの映像に窃盗犯が映っていないとおかしい。だから保管場所を動かす必要に迫られた。その結果が社用車運転手用の詰所と、詰所横の駐車場所だ」

「確かに、あそこから盗まれたなら防犯カメラに犯人が映っていなくても怪しまれることはありませんね。ということは、クラウンは盗まれたのではない」

「そう。いつもどおり玄関前から誰かを乗せて東京に向かったのさ。サクラ・ウェルネスの業務としてな」

「なんてことだ、狂言窃盗とは……」

「問題は、なぜ窃盗を偽装しなければならなかったかだ」

「なぜなんです」

「人身事故だろう。人身事故が起きたから、遡《さかのぼ》って車が盗まれたことにしなければならなかった」

「それはつまり」

「事故時に車に乗っていた人間がサクラ・ウェルネスの関係者で、それを警察に知られることを恐れた」

「そしてサクラ・ウェルネスの関係者であることを隠そうとしたということは」

「被害者の連れ去られた先が、サクラ・ウェルネスの関係場所だというのが考え易い。まあ、警視庁に帰ってNシステムの解析結果を見てみようじゃないか」

飯綱が言うと尾形は黙り込んだ。車内に沈黙が流れる。飯綱は目を閉じ、ヘッドレストに頭を預けた。

「ヨミヅナ」

車が大月《おおつき》インターチェンジを過ぎたころ、尾形が呟いた。瞑《つむ》っていた目を開け尾形に一瞥をくれる。

「誰から聞いた」

「辛島係長です。あいつのスジ読みは一流だって。一課に呼ばれるのも分かると」

「与太話を真に受けないほうがいい」

再び目を瞑った。

4

飯綱は都内の私立大学を卒業した後、地方公務員試験を受けて警視庁に入庁した。特に警察官に憧れがあったわけではなく、安定した就職先という気持ちが強かった。就職氷河期と言われた時代で公務員試験の人気は高く、その流れにおもねったといえる。同期の多くも似たような理由で、純粋に警察官になりたいという動機で入庁した者は少数だった。

かと言って飯綱に正義感が乏しかったわけではない。いくつかある公務所のなかで警視庁を選んだのは、どうせならば都民の安寧に貢献したいという思いがあったからだ。そして警察学校を出て神田警察署地域課での交番勤務をこなすうちに、飯綱に欲が芽生えた。捜査一課に行きたいという欲である。

もっともこれは出世欲とはいえないだろう。張り込み尾行の内偵に自腹を切る情報収集、二十四時間即応態勢でひとたび事件が起きれば一か月の泊まり込みもありうる一課の仕事は、警視庁の花形であっても人気職とは言い難く、生活リズムを作りやすい地域課のほうが人気があるのも頷ける。是が非でも一課に行きたいという辛島のような人間は希少種なのだ。

交番での自転車盗や置き引き犯の検挙件数がよく、交番勤務のあと刑事組対課の盗犯係に配属された。そこで真面目に刑事職に取り組んだものの捜査一課への道はあまりにも漠然としており、ただの憧れで終わるかに思えた。

飯綱の警察官人生を大きく変えたのが、警察学校刑事任用課を経て二年が過ぎようとするころに管轄内で起きた強盗殺人事件だった。神田警察署に捜査本部が立ち、警視庁から捜査一課が乗り込んできた。捜査本部に配属されれば手持ち事件を放り出して本部の捜査に専念しなければならない。刑事組対課のベテランたちが巧妙に配属を避けた結果、飯綱が捜査本部に回され一課の刑事と組むことになった。といっても飯綱の主な役目は地取りの道案内だ。だが道案内役とはいえ捜査本部員である以上、署で毎日二回は開かれる捜査会議に出席する。日一日と捜査本部に集まってくる情報を見聞きするうちに、飯綱にはなんとなく事件のスジが見えはじめた。

スジは、いうなれば事件の構造、構図である。犯人像や犯行動機を推測し、事件の構図を検討して事件全体の見立てをすることを、スジ読みという。いわば事件の仮説を考える作業であり、捜査方針を策定するうえで欠かせない作業である。

当初は自分が考えたスジを他人に話すつもりはなかった。所轄の若造の意見など聞き入れられるはずもないと思ったからだ。もし捜査会議で意見を述べようものなら、良くても無視、悪くすれば罵倒されて本部から追放されかねないと思ったのである。

しかし一課の刑事と歩き回るうち、ふと、自分の考えたスジを現役捜査一課員がどう評価するのかを知りたいと思った。そこで聞き込みの合間に、とっておきの美味《お》しい一膳めし屋に相方を案内し、昼食時間から外れて他に客のいない食堂で自分の考えを話した。話を聞き終わった時、その刑事は褒めるでもなく罵倒するでもなく、何も言わなかった。

夕方の捜査会議だった。飯綱はその刑事に促され、全捜査員の前で同じ話を繰り返した。危惧《きぐ》した通り吊《つる》し上げに近い質問攻めに遭った。だが、質問攻めが終わった後は真剣に討議された。そして捜査本部が設置されてから一期三十日のうちに犯人検挙に至る。その時の一課係長が迫口だった。本部解散から半年後の定期人事異動で、飯綱は捜査一課へと引き上げられた。一課で巡査部長に昇進し、更に数年を経てふたたび神田警察署への異動が決まったとき、飯綱は管理官となった迫口に誰もいない会議室へ呼び出された。

「所轄で警部補昇任試験を受けろ。警部補になったら主任として戻す。主任は現場で捜査を引っ張る立場だ、おまえをそのポジションで使ってやる」

立ちつくす飯綱を尻目に、迫口は言葉を繋いだ。

スジ読みは一種の論理学的、数学的な才能である。決して勘や第六感といった類《たぐ》いのものではない。地取りによる目撃情報、鑑取りで集まる人間関係情報、品割《ナシ》りで分かる遺留品情報、そして鑑識鑑定で齎《もたら》される科学的情報。そういった膨大な捜査情報が頭に刻み込まれ、それらが一つ一つ意識の奥深く、更には無意識の底にまで沈んで堆積していく。そしてある時、厚く降り積もったものの中からふと浮かび上がってくるアイデア。それを整理し、言語化し、事件の構図を解き明かす作業、それがスジ読みだ。お前はそれを磨け、と。

スジ読みの飯綱——ヨミヅナ。

飯綱のスジ読みの才能はすでに捜査一課員の間で認められており、そう綽名《あだな》されていた。こうして飯綱は往復切符を手に、神田警察署へと異動したのだった。

神田警察署に車を戻しに行く尾形と警視庁で別れ、飯綱は一課部屋へと上がった。すでに午後九時を過ぎている。飯綱の机の上には「対象車両走行経路に関する解析報告書」と題された書類が置かれていた。Nシステムのデータを分析して得られた、クラウンの四月二十四日から四月二十五日までの走行記録だ。

飯綱は椅子に座ると手早く書類をめくり、事故後の車の走行経路を確認した。クラウンは一ツ橋交差点から発進したあと、代官町《だいかんちょう》から首都高速四号線に流入したが、すぐに外苑《がいえん》で高速から流出し、信濃町《しなのまち》駅方面へと外苑東通りを北上して左門町《さもんちょう》の交差点を通過している。記録はそこで途絶えており、そこから先の自動読み取り装置には通過が記録されていない。

首都高速に一度は乗ったもののすぐに降りている。目的地に向かう途中、事故のことを誰かに報告したところ、Nシステムによる捜査を警告されて慌てて高速を降りたのだろう。Nシステムによって轢き逃げ車両や盗難車両をリアルタイムで追跡できることは社会常識化しつつある。運転手は行き先を変更し、左門町の交差点まで車を走らせたと考えられる。

運転手に警告した人間は、警察庁のサーバーにNシステムの走行記録が蓄積されていて、過去の走行経路を確認できることを知っているのだろうか。飯綱には判断がつきかねた。報道関係者や法曹関係者の間では走行記録がほぼ永久に保存されることは常識だが、その知識がどこまで広がっているかは分からない。

いずれにせよクラウンは最後の読み取り装置を通過したのち、他の読み取り装置の手前で停車している。明日、その範囲にあるサクラ発酵グループの出先や関係先を洗ってみよう。捜査二課の企業犯捜査係に問い合わせればそれらの所在地は分かるだろう。

そう考えを纏《まと》めると、飯綱は椅子の背にもたれかかり、右手の親指と人差し指でまぶたの上から両目を揉《も》んだ。

高尾警察署の捜査本部のことを考える。勾留延長満期まで残すところあと四日。起訴に向けた事件記録の整理と書類作成に追われているころだろう。

山下はまだ黙秘を続けているのだろうか。動機は何か。痴情のもつれというのは、ありきたりな動機だけに万人が納得しやすいところだ。逆にいえば、それだけ偽装として用いられやすいということでもある。山下も宮原も独身だ。山下は商社マンとしてそれなりの社会生活を送ってきている。別れを切り出されたという理由で激情の赴《おもむ》くままに手を下したというのは、一見ありそうで、その実不自然である。それも鈍器で頭蓋骨を陥没させるほど殴り付けたというのだ。やり手の商社マンだという山下の人物像にそぐわない。捜査本部も本当のところ痴情という動機に納得していないことは、迫口の態度からしても明らかだ。しかし他に見当たる動機がなく、山下本人が痴情のもつれと言っている以上、それに納得するしかない。言ってみれば、山下の供述に従うほかないのだ。

飯綱は目を揉むのをやめると、苦笑して立ち上がった。

捜査本部から外された俺が考えてどうする。

捜査一課に戻った早々、迫口の不興を買ってしまった。迫口にしてみれば、目を掛けてきた部下に裏切られた思いだろう。田中も、上司と部下に挟まれて辛い立場のはずだ。

反省しつつ同じ状況になればまた同じことをするだろうと思い、自己嫌悪と微かな誇らしさを感じながら、飯綱は一課の部屋を後にした。

第三章

一時保護

1

翌二十七日の朝、飯綱はサクラ発酵グループ関係先の洗い出しを依頼しようと捜査第二課に電話した。

「洗い出しも何も、四谷《よつや》近辺でサクラ発酵グループ関係会社本支店は登記されていない」

警察学校同期の田代《たしろ》が答えた。捜査二課で企業犯捜査第六係に所属している。

「それは本支店登記だろう。こっちが知りたいのは、登記されていない営業所とか出張所の類いだ」

「そんなのこっちでも分からないよ。内偵対象ならともかく、上場企業の全部の営業所を常時把握するなんてできっこない」

言われてみればその通りだ。日本の取引所に上場されている企業数は三千五百を下らない。その全部の営業所を常時把握するのは無理だろう。飯綱は己の浅はかさを呪った。

「交番で巡回カードを見るしかないか」

諦め口調で言う飯綱に、田代が言う。

「サクラ発酵ならインターネットで調べてみたら。一部上場だし、最近の上場企業はIR活動に力を入れているから載ってるかもよ。オープンソース情報も馬鹿にならないぞ」

「そうだな、調べてみよう」礼を言って電話を切った。

続いて尾形に電話をかけ、Nシステムの解析結果をかいつまんで説明する。

「四谷付近でサクラ発酵グループの営業所や出張所がないか、インターネットで調べてくれ。俺は四谷の交番に行って巡回カードを調べる」

「私が巡回カードを見に行きましょうか」

「いや、一課の俺が行ったほうが融通が利くだろう。それにインターネット調査は尾形くんのほうが手慣れていると思う」

「分かりました、頑張って調べます」

尾形の張り切った声が受話口から聞こえてくる。朝から元気がいい。新人刑事の潑《はつ》溂《らつ》さに自然と飯綱の頬が緩んだ。電話を切り四谷三丁目交番へと向かう。

交番で管内にサクラ発酵グループの関係先があるかを聞いたが、若い巡査は心当たりがないと言う。念のため巡回連絡カードを確認したものの、やはりサクラ発酵グループの関係先と分かる事業所は存在しなかった。巡回連絡カードは、交番勤務の警察官が管内の家庭や事業所を訪問して作成する情報票で、家族構成や職員構成などが記載されている。

交番の警電を借りて神田警察署に電話をかける。警電は、警察電話要則という訓令に従って運用される、警察庁情報通信局長が管理する警察専用回線電話だ。架ける側も受ける側も相手が警察だと分かるので、身元確認をいちいち行なう必要がない。

「ありました、サクラ・ウェルネスの研究所です」

収穫がなかったことを告げる前に、尾形の弾んだ声が聞こえた。

「サクラ発酵のホームページにグループ会社一覧が掲載されていて、サクラ・ウェルネスの事業所一覧も載っていました。そこにサクラ・ウェルネスの研究所として八ヶ岳研究所と四谷研究所が掲載されています」

交番の情報収集能力をもってしても分からない情報がインターネット上で開示されているとは。飯綱はネット社会の現実を思い知らされた気がした。尾形が述べる住所を書き取り、交番の巡査に見せる。

「その住所には煉瓦《れんが》造りの二階建ての建物があります。どこかの団体の迎賓施設だったものが研究施設になったとは聞いていましたが、今はほとんど無人のようで」

「どうやらサクラ・ウェルネスの研究所のようだ」

「何回か訪問はしたのですが、いつも不在で」

巡査がバツの悪そうな顔で言う。そのまま交番で尾形の到着を待たせてもらい、合流するとすぐに研究所に向かった。

四谷研究所は、四谷のはずれ、防衛省にほど近い一画にあった。周りには人の背丈を超す灰色のコンクリート塀がぐるりとめぐらされ、正門は石造りの門柱に時代がかった木製の両開き門が収まっていた。門柱の脇に守衛ボックスがあるが今は無人だ。人ひとりが入れるほどの大きさで、側面には片開きドアが、正面には腰高窓が付いている。ボックス内部の塀側の面には腰を屈めてくぐる高さの木戸口が見え、守衛ボックスから敷地内に出入りできると知れた。

塀の上には防犯カメラがあり、その撮影範囲に入らぬよう慎重に距離を測りながら建物の周囲を観察した。

「カメラに映るなよ。俺たちの面は割れている。余計な警戒心を起こさせたくない」

尾形に注意する。

「どうします、張り込みますか」

「いや、時間がない。考えがある」

飯綱は尾形を伴い、交番の地図であらかじめ確認しておいた研究所近くのコンビニエンスストアへと向かった。レジ奥の天井から客にレンズを向けている防犯カメラを確認すると、携帯電話を取り出して捜査支援分析センターの玉木を呼び出した。

「昨日相談した件で、四谷に機動分析係の出動をお願いしたい。コンビニのカメラ映像を押さえて欲しいんだ。昨日の女がその中に映っていないか、顔検知ソフトで解析して欲しい」

「動画の二次元素材から顔器官検出による三次元顔画像識別ですか。まだあまり精度はよくありませんよ」

「構わない。ある程度の一致率があれば、あとは肉眼で確認する」

「何日分を精査しますか」

「事件の三日前から今日までの分でどうだろう」

「いつまでに解析を終えればいいんです」

「今日の夕方までに」

玉木が電話機の向こうでため息をついた。

「無茶言わないでください。少なくとも精査する映像と同じくらいの時間はみてもらわないと」

「それは目視でも確認する場合だろう。頼んでいるのはコンピュータ解析なんだ。事案は車に轢かれた被害者の監禁事件で、時間が経つほど生命の危険が増す可能性がある。無茶は承知しているが、玉木さんに頼るしかないんだ」

　玉木がまたため息をついた。

「分かりました。科警研のパソコンを使わせてもらいます。あそこには三次元顔画像識別専用の最新ソフトが導入されていて、コネもありますから」

「一課から何か要請をだそうか」

「いや、黙ってやります。ただし裁判での証拠としては使えませんよ。裁判で使用する証拠が必要になったら、科捜研に正式な鑑定嘱託をお願いします」

「分かった、今回は令請《れいせい》に使うだけだから問題はない。頼みます」

　令請は令状請求の略語である。飯綱はコンビニエンスストアの住所を伝えて電話を切った。すぐに捜査支援分析センターから防犯カメラ映像の採取と保存に長《た》けた機動分析係が臨場して、店から映像の任意提出を受けて領置し、玉木に届けるはずだ。それを玉木が科学警察研究所の三次元顔画像識別ソフトを用い、クラウンに乗っていた女の顔が撮影されていないか解析する。玉木の言うように、平成二十五年から本格導入された、顔の目、鼻、口といった器官を特徴として抽出し、二次元画像から三次元モデルを創り出して画像を比較する顔画像識別ソフトは、防犯カメラへの適用に関しては未だに識別精度が高いとはいえない。それでもコンピュータが「似た顔」と判別した画像があればあとは肉眼で確認すればよい。

「考えましたね。女がサクラ・ウェルネスの関係者で四谷研究所に出入りしているなら、近くのコンビニにも出入りしている可能性が高い。でも、コンビニに出入りしていたことが分かったとしてその次はどうします。女が現れるのを待ちますか」

「いや、フダをとる」

「ガサですか。しかし、裁判官が捜索差押許可状を出しますかね」

飯綱は尾形を皮肉を込めた目つきで見やった。

「裁判官が令請を却下するとでも」

「いや、それは」

「知ってるか、裁判官の捜索差押許可状の却下率は〇・〇四パーセントだ」

「マジですか」

「ああ。裁判官は令状の自動販売機だ。俺たちが請求書というコインを入れれば、コトンと令状が出てくる」

尾形が吹き出す。

「でも、上場企業のサクラ発酵の子会社が相手です。裁判官は上場企業のガサには慎重と聞いていましたが」

「特に今回は一部上場だからな。却下率が低いからといって油断はできない。だからあえて差押許可状までは求めず、捜索許可だけを求める」

尾形は考え込んだ。

「つまり、人身事故被害者の捜索だけを求めると」

「そうだ。名目は車の捜索でもいい。とにかく被害者が公衆の面前で連れ去られ、病院に運び込まれた形跡がないんだ。被害者の身体生命に危険が迫っている可能性がある。どんなに慎重な裁判官でも、捜索ぐらいは認めざるをえないだろう。そこで『物の差し押さえについては改めて令状の発布を求める』と言ってやれば、いかに一部上場企業が相手だろうが、令状を出さざるをえない」

尾形は感心したのか、しきりに頷いている。

「分かりました。じゃあ、私たちに今できることと言えば」

飯綱はにやりと笑って言った。

「署に帰って書類仕事だ。玉木さんに発破をかけたんだ、こっちもすぐに令請できるように準備しとかないとな」

2

午後四時を回ったころ、玉木が科警研から電話をかけてきた。

「一名だけそれらしい女が映っていました。類似率四十パーセント以上で解析をかけたところ三名がヒットしたので、手動で鮮明化して比較したら、うち一名の類似率が七十パーセントまで上がりました」

「ある程度似た人間がいれば、こっちで見て確認するつもりだったけど」

「目視よりも識別ソフトで類似率何パーセント、と言ったほうが裁判官を説得しやすいでしょ」

「その通りだな。恩に着るよ」

「報告書はLANで一課のフォルダにアップしていますから、プリントアウトして使ってください」

礼を言って電話を切り、そのまま田中に電話をかけて二日間の捜査内容を報告し、捜索許可状請求の決裁を仰ぐ。

「サクラ・ウェルネスの研究所にガサをかけるか。相変わらず好き勝手しやがって」

田中はつまらなさそうに言った。飯綱は余計なことは言わず、田中の判断を待った。

「いいだろう。管理官に言って令請の許可をとるが、人手はどうする」

「私と神田署の人間でやります」

「ガサは今日やるのか」

「はい。人命救助の名分があるので、日没後でもうるさくは言わないでしょう」

「神田署の鈴木課長には管理官から話してもらおう」

「ありがとうございます」

午後六時には夜間執行の許可が付いた捜索許可状が発布され、神田警察署に捜索要員が集まった。刑事組対課からは尾形のほかに三名が参加したが、辛島はいない。飯綱の指揮する家宅捜索を嫌ったのだろう。飯綱としても辛島がいないほうが気楽だった。

飯綱は鮮明化した被害者の写真を全員に配布し、捜索場所の分担を指示した。といっても建物の内部構造が不明なため、班分けと、外から内へ、大から小へという捜索の基本原則に従った大まかな指示にならざるをえない。そのうえで飯綱は捜査員の一人にハンドサイズのビデオカメラを手渡した。

「今回は捜索のみだ。だが手続の適正立証という名目で中を撮影することはできる。

それを利用して建物内部をできるだけ詳しく撮影して欲しい」

午後七時、四谷研究所の正門のインターホンを飯綱は押した。反応がない。飯綱は、門前を映すように設置してある防犯カメラに対して捜索許可状を示しながら、インターホンに向かって言った。

「警察だ。捜索許可状がある。一分以内に門を開けない場合、錠前の専門家に鍵を開けさせて中に入る」

するとインターホンから男の声が流れ出た。

「今から行きますので、しばらくお待ちください」

しばらく待つと、守衛ボックス内の木戸口が開いて制服を着た警備員が現れた。

「警察ですか。どんなご用でしょう」

警戒感を漂わせながら警備員が聞く。胸板は尾形と張り合うほどで、肩幅がある分、全体としては尾形よりも一回り大きい。守衛ボックスが小さく見える。飯綱は捜索許可状を示した。

「監禁の疑いでこちらを捜索させていただきます」

警備員は守衛ボックスから路上に出て捜索許可状を見つめる。

「分かりました。門を開けます」

警備員が木戸をくぐり敷地内に戻る。飯綱は後に続いてボックス内の木戸をくぐった。男が木戸口を閉めて敷地に籠《こも》り、証拠隠滅を図るのを防ぐためである。後ろについてきた飯綱に気付き、警備員は一瞬嫌そうな顔をしたが、すぐに平静な顔に戻って正門の施錠を外した。門が開くとすかさず捜査員が各所に散らばる。

「ちょっと！　ここは民間の研究所だ。勝手に入らないで、案内するから」

警備員が声を張り上げる。しかし、捜査員は止まることなく建物内にも入っていく。

「捜索許可状が出ている以上、必要と思われる捜索はさせていただく。それより報告書に添付する必要があるので、捜索許可状をあなたに示している写真を撮らせてもらいます」

「私は雇われ警備員だ。中に研究員がいるので、そっちと撮ってください」

警備員は邪険に拒否すると、飯綱の答えを待たずに建物に向かって歩き出した。男の後ろについて飯綱も建物へ向かう。

「中にいるのは責任者ですか」

「私には分かりません。直接本人に確認してください」

その時、一人の捜査員が建物から小走りに出てきた。

「いました！　こっちです」

飯綱は建物の中に駆け込んだ。洋館らしく玄関に沓脱《くつぬぎ》はない。真っ直ぐな廊下が奥へと延びており、飯綱は捜査員とともにその廊下を走る。建物はかなり大きく、廊下の両側に黒く鈍い光を放つ木のドアが並んでいた。突き当たりに大きな両開きのドアがあり、捜査員が押し開く。

「これは……」

飯綱に続いて部屋に入ってきた尾形が声を上げた。

そこはホールといえるほどの広さがある正方形に近い部屋だった。天井は高く二階まで吹き抜けになっている。部屋の一番奥、東側の壁には人の背丈の二倍はあろうかというガラス製の窓四枚からなるテラス戸が設けてある。庭のテラスと部屋とを結んでいるようだ。南側と北側の壁には腰高窓がある。

部屋に家財道具はなく、代わりに六畳ほどの透明ビニールのドームが天井から部屋の中央に吊り下げられていた。ドームの中には白いシーツの簡易ベッドが一台置いてあり、その周りを点滴や液晶モニターといった器具が取り囲んでいる。そしてベッドの上には、前合わせの青い検査着を着た男が横たわっていた。その顔に見覚えがある。事故現場から連れ去られた男だ。画像の印象よりもずいぶん若くまだ少年といっていい。

ドームの手前に白衣を着た水野が立っていた。少年を見つめている。警察に捜索を受けているにもかかわらずその表情に動揺はなく超然としていた。そちらに近付く。

「どういう状態なんだ」

顔だけを動かし飯綱を認めると、ドームの少年に目を戻しながら水野は言った。

「医師の守秘義務はご存知かしら」

水野の整った横顔を見つめる。

「答えたくないのならば答えなくていい。いずれ彼は精密検査を受けることになる。ただ、教えてくれれば時間の節約になる」

水野が飯綱に向き直った。笑っている。

「やっぱり素直ね。いいわ、教えてあげる。頭部に衝撃を受け、意識を失っているそうよ。この施設にあるCTで検査したけれど脳にも脳幹にも異常はない。客観的所見ではまったくの正常だけれど目を覚まさない」

「頭以外に傷害はないのか」

「右大腿部《だいたいぶ》に打ち身がある程度ね」

「あなたがなぜここにいる」

「呼ばれたの。あなたがたが山梨の研究所にいらした後に。でも、私にできることはなかった。ここに運び込まれてから容体は全く変わっていないそうよ」

「ここで彼を治療したのは誰なんだ」

　水野はふたたび少年に視線を戻した。

「所長みたい。八ヶ岳研究所と同じく、ここの所長も竹内よ」

「あなたをここに呼んだのは」

「それも竹内所長」

「彼をここに運び込んだ人間を知ってるか」

「救急隊員じゃないの」

「あの少年は、昨日話した交通事故後すぐにここに運び込まれたと考えられる。病院でもないここに医療設備があると知っていたのは、サクラ・ウェルネスの人間ぐらいじゃないのか」

「私には関係のない話ね」

「では竹内所長は？　所長なら彼をここに運び込んだ人間を知っているんじゃないか」

「さあ、直接竹内に聞いてみたらどう」

「そうさせてもらう。所長はどこにいるんだ」

「知らないわ。八ヶ岳研究所の事務局に聞いてみて」

「この研究所に他に研究員はいないのか」

「私しかいない。この研究所はもうすぐ廃止される予定なの。サクラ・ウェルネスの組織再編で廃止が決まり、今は研究設備を少しずつ清里に移しているところ」

「じゃあ、誰が彼を看護しているんだ」

「竹内と私。二人ともいないときはあの警備員にお願いしてたわ。バイタルモニターのチェックとおむつ交換、床ずれ予防ぐらいだから」

飯綱は視線を水野から少年に移した。しばらく水野とともに見つめる。

「彼は何者で、なぜここにいる。なぜ病院に運び込まれなかった」

「知らない。竹内に聞くべきね」

「彼がどうして怪我を負ったのか、知らずに看病しているのか」

「車にぶつかったのでしょう。それだけ分かっていれば十分よ」

埒《らち》が明かない、竹内に聞くしかなさそうだ。飯綱は水野への質問を諦めた。

「竹内所長に連絡をとりたい」

「あなたたちが来たとき携帯に電話をかけたけれど、電源が入っていないみたい」

「では所長の連絡先と、研究所の組織図や職員名簿、建物の出入記録、防犯カメラ映像を提出してもらおう」

「お断りします」

きっぱりとした口調で水野が言う。すぐに笑いながら続けた。

「というよりも、そんな権限は一研究員の私にはない。探して持って行きなさい、可能ならば」水野は探るような目で飯綱を見た。

「令状の『差押』の文字と欄が抹消されていた。あなたの持つ令状で差し押さえができるのかしら？　それとも差し押さえが可能な令状を別にお持ちなの」

思わず水野を見ると、水野の目が意地悪く笑っていた。

「確かに、捜索令状しか持っていない」

水野を睨みつけた。水野の目は悪びれずまだ笑っている。

「彼は病院に収容させてもらう。ここは病院ではなく医療設備に不安がある。彼の意思を確認できないのは残念だが、彼の身元を知っている者すらいない状況ではやむをえまい。あなたも病院への搬送には反対しないだろう？　たとえ反対しても、職務執行法三条の一時保護として搬送するが」

水野はふっと視線を外した。唐突に飯綱にも少年にも関心を失ったように言った。

「お任せします。反対する理由もないし、連れて行きなさい。私は清里に帰らせてもらう。それとも逮捕する？」

監禁被害者とされる少年の治療をしていたというだけでは被疑者とはいえない。そもそも監禁といえるかも不明で、少年の意識もないのだ。彼女を逮捕するのは到底無理だった。

「いや、引き取ってもらって構わない。ただ携帯の番号を聞いておきたい」

「それもお断りします。残念だわ、異なる状況で聞かれていたら教えてあげたかもしれないのに」

からかうような笑みを浮かべて言った。

「彼のカルテはそこのモニターの上に置いてある。持ち出されたら困るけど、写真に撮っていくぶんには誰も文句は言わないでしょうね」

水野は白衣を脱ぐと壁に掛け、代わりにそこに掛けてあった黒色のハンドバッグを手に取った。ホールに集まってきた捜査員の間を悠然と通り抜けて外へと出て行く。

「大したタマですね。美人の上に底が知れないところがある」

水野の後ろ姿を見送ってから、どこか賞賛を含む口調で尾形が言う。飯綱は舌打ちをしたくなった。あの女のペースに乗せられている。自分の先ほどの問答もそうだ。終始あの女に主導権を握られていた。

尾形に救急隊を呼ぶよう指示し、田中に電話をかける。捜索対象の男を発見したことを告げ、男を収容するための病院の手配を依頼する。

「すでに手配済みだ。駿河台《するがだい》中央総合病院へ搬送するよう救急に言え。警視庁の受け入れ要請患者と言えば話が通じるはずだ」

田中は男の発見を見越し、病院への収容態勢を整えていてくれたらしい。田中の信頼を感じたが、「ありがとうございます」とだけ言って電話を切った。

救急隊はすぐに到着した。

「駿河台中央総合病院へ搬送してくれ。病院には捜査一課から受け入れ要請済みだ」

「患者のカルテはないんですか。何か治療を受けていたようですが」

モニターの上に乗っていた診療録を差し出しながら言う。

「申し訳ないが、この施設の許可がないので持ち出すことはできない。携帯にでも写真を撮って病院に持って行ってくれ」

救急隊員が怪訝《けげん》な顔をする。しかし何も言わずスマートフォンを取り出すと診療録を撮影した。

診療録の患者名欄には「Z」のアルファベットが記載されており、ふりがなには「ツェット」とふられていた。「ツェット」はZのドイツ語読みである。救急隊員が少年を運び出すのを見守りながら、飯綱はその名前にどこかしら不穏の気配を感じ取っていた。

3

翌二十八日の午前八時過ぎ、飯綱は捜査一課部屋で田中に報告を行なった。少年が病院に搬送されたことを確認した後、電話で田中に報告しようとしたところ、翌朝に直接報告するよう命じられた。勾留延長満期が迫って断続的に捜査会議が開かれており、電話で詳細な報告を聞く余裕もないといったところらしい。

「お疲れさん。無事に被害者を保護したそうじゃないか。事故発生から三日で解決とは、仕事が早いな」

田中は座ったまま右手で左肩を揉みながら言った。

「病院への受け入れ要請、ありがとうございました」

「構わないよ、電話一本で済む仕事だ。それで、略取監禁になりそうかね」

「難しいでしょう。被害者の意識がありません。現場から連れ去った男女の身元は判明していませんが、治療のために医療設備のある研究所に運び込んだと言われれば、略取も監禁も成立しないと思われます。結果として被害者は医師の治療を受けているわけですから」

「保護責任者遺棄とも言えんなあ。じゃあこれで一件落着と」

揉む肩を変えながら田中が聞いた。

「被害者の身元を割り出さないといけないでしょうが、サクラ・ウェルネスの所長に聞けば分かるでしょう。念のためDNA型検査も行なって、警察庁のデータベースでも照合をかけます。もっとも、そこらへんは神田署でやってもらいますが」

病院搬送後、神田警察署で鈴木課長と今後の捜査を協議し、これ以上飯綱が動く必要はないとの結論に達していた。

病院に運び込まれたツェットは、診察で異常が見つからず、また、研究所にあった診療録の内容からしても差し迫った生命の危険はないと判断され、集中治療室ではなく普通病室に収容された。今日以降、改めて精密検査が行なわれることになっている。

「そうかご苦労さん。書類を上げたら次の待機当番まで適当に休んでおいてくれ。次は期待しているよ」

最後の言葉に引っ掛かった。飯綱にしてみれば、今からでも高尾の捜査本部に帰参したいところだ。しかし迫口管理官が捜査本部から外すと判断した以上、田中に掛け合っても無駄なことは飯綱にも分かっていた。

宮原殺しの捜査本部では、一時期、山下の身代わり犯説が真剣に検討された。鑑取りで、十六年前に山下と宮原がいわゆる合コンで知り合った事実こそ確認することができたが、その後二人が付き合っていたことを知る者はいなかった。山下の知人も宮原の友人も、二人の交際について訊《き》かれると決まって訝《いぶか》しげな表情を浮かべた。通信会社から取り寄せた携帯電話の通話履歴でも二人が連絡を取り合っていた形跡はなかった。山下と宮原の交際の裏付けができなかったことから身代わり犯説が検討されるようになり、これには一定の説得力があった。

しかし身代わり犯説が捜査本部の大勢を占めることはなかった。その理由の一つは、山下の経歴にある。都内一流私立大学を卒業して資本金百四億円、従業員三千二百人を抱える食品流通商社リョーユーショクに入社し、総務企画部の副部長にまで昇進していた。取締役が部長を兼ねる総務企画部において、四十五歳での副部長はスピード出世であるという。

そんな男が、地位や名誉を捨てて身代わりとなるとは考えにくい。誰かを庇《かば》うとすれば親族か上司であろうが、山下は大学生の時に両親を亡くしており、兄弟もおらず天涯孤独の身だった。上司を庇うといったところで、殺人罪で起訴されれば会社を解雇されるのだから、身代わりの動機にはなりえない。

最終的に、山下のＤＮＡ型と一致する宮原の自宅から発見された微物が重視された。確かに山下と宮原の交際を裏付ける者はいない。しかし、交際を否定する者もいないのだ。現実に、宮原の自宅からは山下が出入りしていた証拠である微物が一つではなく複数見つかっている。交際と犯行を述べる山下の自白を裏付ける何よりの証拠ではないか。そして生き埋めか絞扼《こうやく》かという差はあるにせよ、鈍器による頭部打撲とそれに続く窒息による死亡という態様は、大筋では合致しているではないか。

こうして身代わり犯説は退けられ、他にみるべき仮説はないものとされた。十日間の勾留期間が過ぎるころには、山下を殺人罪で起訴する方針が固まった。

もっとも捜査本部が予定している起訴事実は、山下の自白とは若干異なるものであった。山下は宮原の服を脱がせている。宮原の心臓の鼓動、血管の脈拍、呼吸の音。山下がそれらに気付かないわけがなかった。

宮原は、開口部の直径一メートル二十センチ、最深部一メートルの穴に埋められていた。捜査本部の再現実験では、男一人、剣先スコップ使用という条件で同じ大きさの穴を掘るのに二時間近くかかった。その間、宮原が身じろぎ一つしない状態であったとは考えにくい。生きていることを知りながら宮原を埋めた山下が、罪を軽くするために不合理な弁解をしているにすぎない。捜査本部は、山下が殺意をもって宮原の頭を殴った後、やはり殺意をもって生き埋めにしたと考え、検察官も捜査本部の見立てどおりの事実で起訴することに同意した。

飯綱は身代わり犯説を唱えた一人だ。出頭直後の無知の暴露と、そこからの供述の変遷は見逃せない。男は一流といわれる大学を卒業し、日本有数の商社に勤め、勤務業績も申し分ない。そんな男がすぐに虚偽と分かるような弁解をするのは不自然で、真犯人だとは思えない。

「パニくったのさ。インテリほど取調べに弱い」と古株の捜査官は言う。それはその通りだ。社会的地位が高く、日頃から人に命令することに慣れた人間、あるいは他人に尊重されることに慣れた人間ほど取調べでは脆《もろ》いものだ。取調室という地位も肩書きも通用しない密室で、言い分をまともに聞いてもらえずに責め立てられ続けると、驚くほどの短時間のうちに思考能力を失う。そしてパニック状態に陥り不合理な供述を始めるか、取調官に迎合し誘導されるがままの供述を行なう。

しかし山下の態度は、そういったパニックの類いとは異なっているように見えた。捜査本部で報告された山下の人物像も、決して驕《おご》り高ぶることなく根気強く物事に当たるタイプの人間に思え、捜査本部の議論で身代わり犯説が退けられてもなお飯綱の疑念は消えなかった。身代わり犯説を唱え続けたものの聞き入れられることはなく、勾留延長満期まで五日となったところで迫口への直訴となった。

四谷研究所での顚末《てんまつ》を報告し終えて自席に戻ると、すぐに警電の受話器を持った他の係の巡査が声をかけてきた。

「神田署からです」

嫌な予感がして、咄嗟《とつさ》に田中を見た。田中も不審気な顔で飯綱を見つめている。飯綱が受話器を取ると田中が立ち上がって近付いてきた。

「尾形です」受話口から硬い声が流れる。

「どうした」

「昨日保護した少年ですが……」

「ああ」

「病院から連れ去られました」

意味を理解するのに数瞬を要した。ようやく尾形の言葉が頭に染み込むと、隣に立つ田中に「保護した少年が病室からいなくなったようです」と告げて尾形との会話に戻る。

「どういうことだ」

「明け方、看護師が検温に行ったところ、病室からいなくなっていました」

「連れ去られたとどうして分かる。意識が戻って自分で出て行った可能性もある」

「病院の警備員二名が昏倒《こんとう》しており、外部からの侵入者に襲われた模様ということです。これから私も現場に向かいます」

「俺も行く。病院で落ち合おう」

受話器を置き田中に尾形の話を伝えた。

「ホンブの鑑識にも出動してもらおう。所轄には話を通しておく」

田中は昔ながらに警視庁をホンブと呼ぶ。そしてため息をつくように言った。

「これで略取事件になったな」

第四章

現場指揮

1

病院でタクシーを降りると、尾形が灰色のスーツを着た陰気な顔の男とともに待っていた。男が病院事務長代理の吉田《よしだ》と名乗る。

「事務長から全面的に協力するように言われております。私どもの事務長は昨年御庁を退職した人間でして」

田中がこの病院を手配したのはそういった事情があったわけだ。

「ご協力感謝します。早速現場を見たいのですが」

「警備員が倒れていた警備員室と患者様がいなくなった病室、どちらを先にご覧になりますか」

「まず警備員室を見ましょう」

少し考えて答えた。「ではこちらへ」と先導する吉田の後ろについて病院の建物に入る。

「当病院は病床数三百床で救命救急センターを備えています。本館と別館の二棟からなり、今回は本館の七階にある、普段は使用しない病室をご利用いただいておりました。本館の警備員室は通用口を入ったところにあります」

外来患者で賑わう総合受付を通り抜けながら吉田が説明する。

「昨夜は未明に赤坂で多重衝突事故が発生し、当院にも二名の患者様が救急搬送されてきました。その対応にひと段落したのが午前四時ごろと聞いています。不審者の侵入があったのはその直後のようです」

飯綱は左腕に付けた国産のクオーツ時計を見る。安いが正確でお気に入りの時計だ。今が午前八時二十分過ぎ、すでに犯行から四時間以上が経過している。

「朝の検温で異常を発見したと聞いていますが、朝の検温は何時ごろだったのでしょうか」

「入院患者の多い別館では午前六時から病棟ごとに順番に行ないます。本館は午前七時からということになっていますが、入院患者が少ないこともあり、手が空き次第順次行なっているのが実情です」

「今朝は？」

「救命救急室と集中治療室から移動した患者様が本館三階に四名いらっしゃいましたので、そちらの検温を午前七時過ぎから行ない、七階に上がったのは午前七時三十分ごろと聞いています」

「看護師さんは、夜、入院患者の見回りをすると思いますが」

「ええ、ほぼ二時間おきに行ないます。午後十一時と午前一時、それに午前三時。今回の患者様も午前三時の時には異常がなかったと報告を受けています」

吉田は「集中監視室」と書かれたドアの前で足を止めた。ドアの横には受付台が設置されており、その先は通用口になっている。

「ここが警備員室です」吉田はドアノブを回して中に入った。

ドアの向こうは八畳ほどの広さの部屋だった。右の壁一面に液晶モニターが所狭しと並べてあり、その前に放送設備のような機材を備えた机が設置されている。机には制服を着た警備員が座って壁のモニターに目を凝らしていた。飯綱たちが部屋に入ると緊張した面差しで立ち上がり挙手敬礼をする。モニターは病院のあちらこちらに設置された防犯カメラにつながっているらしく、一日が始まった大病院の朝の慌ただしい風景を映し出していた。

部屋の片隅には布地ソファの簡素な応接セットがあり、六十代と思われる警備員が腰掛けていた。机の警備員と同様、立ち上がって敬礼する。顔には疲れが滲んでいた。

「こちらは松木《まつき》さん、当病院がお願いしている警備会社から派遣された警備員です。昨夜は別館の夜間警備につかれていました。当院では、本館、別館それぞれに警備員二名ずつの夜間警備を依頼しています」

　夜間警備は防犯カメラモニターのチェックが主な仕事で、入院患者が外出しようとすればナースセンターに内線電話をかけて注意を促し、不審者の侵入があれば警備会社本社に機動警備員の派遣を要請したり一一〇番通報を行なったりするという。

　吉田は飯綱たちにソファに座るよう勧め、自分は松木の隣に腰を下ろした。

「松木さんは今朝この部屋で、本館当直の警備員二名が倒れているのを発見しました。状況をもう一度説明していただけますか」吉田が促すと松木は背筋を伸ばして話し始めた。

「昨夜は別館に異常はなく、午前八時の交代に向けて日直への引継ぎの準備をしていました。すると本館三階のナースセンターから内線電話がありました。入院患者が一人いなくなった、本館警備員室に内線をかけても誰も出ないと言いますのでここに急行したところ、二人が床の上で並んで眠っていました。呼び掛けても反応がないので慌てて脈をとったところしっかりしていましたので安心し、引き続き室内を点検しました。奥の休憩仮眠室に誰かいるのではと警戒してドアを開けましたが、誰もいませんでした。ナースセンターに内線をかけて医師に来てもらえるようお願いし、続けて本社に電話したところ一一〇番通報を指示されました」

松木が言葉を切った。報告終わり、ということらしい。

「吉田さん、この部屋を封鎖することはできますか。犯人の微物や足跡が残されているかもしれない」

「事務長からも封鎖を言われたのですが、当院の保安上、ここを封鎖することはできません。しかし、今朝からこの部屋に入ったのは病院の職員だけです。警察の捜査が終わるまで警備員以外の人間は入れません」

本来であれば、鑑識が終わるまで病院関係者はもちろん飯綱や尾形の立ち入りも控えるべきだった。しかし警察関係者でもない吉田にそこまでの気遣いを要求するのは無理というべきか。すでに現場は汚染されてしまっている。仕方なくそのまま事情聴取を続けることにした。

「松木さん、二人が倒れていた場所はどこですか」

「中央台、これは防犯カメラ画像を監視するためのその机のことですが、その中央台の横です」

「この警備員室には防犯カメラモニターのほかに、どんな物や設備があるんですか」

松木は吉田と顔を見合わせた。

「中央台には内線電話と館内放送設備、それに警報ボタンと緊急通報装置がありますが、それ以外にこれといったものは。あとはロッカーに警備員の私物がありますが」

「例えば、内線の一覧表や病院の館内図、入院患者の検索システムなどは」

「ああ、そういったものなら中央台の引き出しにファイリングしてありますし、パソコンで入院患者の情報も検索することができます。閲覧だけで編集はできませんが」

「防犯カメラ映像のデータを保存する記録媒体はこの部屋に置いてあります？」

松木が吉田を見た。吉田が答える。

「いいえ、サーバーは警備員室にはありません」

「吉田さん、ここで防犯カメラの過去の映像を見ることはできませんか」

「ここでは無理ですね」

「映像データは保存されているのでしょう」

「ええ、過去一週間分の映像がサーバーに保管されています。ただ、事務室のパソコンでないと映像を見ることはできません」

「サーバー自体はどこに」

「メインサーバーは事務室に設置されています。それとは別にバックアップ用サーバーが外部にあります」

「この警備員室で見ることができるのはリアルタイムの映像だけということですね」

「はい。昨今は情報管理がうるさくて、患者様が映っている映像は必要最小限の者しか閲覧できないようになっています」

「分かりました。この部屋には吉田さんや病院関係者を含め、これ以上出入りをしないようにしてください。病院関係者とはいえその方の髪の毛などが落ちると、それだけで捜査に混乱をきたすこともありますので」

飯綱はソファから立ち上がり、事務室への案内を吉田に促した。

「事件発生時の映像を見ましょう。松木さんからもまだ話をお伺いしますが、それは映像を見た後で。まずは犯人の顔を見ようじゃありませんか」

2

「入院していた病室に一番近い防犯カメラは」

「部屋は七階の端ですから、前の廊下にちょうど天井設置型カメラがあります。部屋の前がきれいに映っていると思いますよ」

「ではその映像を午前四時から倍速で見せてください」

「はい」

事務室のパソコンデスクに男性の事務職員が座り、その事務職員を取り囲むように飯綱と尾形、吉田が立っている。

職員はモニター画面を九分割し、それぞれに異なる防犯カメラの撮影映像を呼び出した。目当ての防犯カメラを見つけると全画面に映し出す。病室の引き戸ドアを廊下側の左斜め上の角度から撮影した鮮明なカラー映像だ。職員がタイムラインを午前四時に設定すると、倍速で映像が流れ始めた。

その映像は午前四時十二分二秒から記録されていた。

画面の手前側から防護服のような白い衣服を全身にまとった人間が現れ、病室のドアに近づく。ドアを僅かに開けると中を確認し、ついで防犯カメラの下あたりを振り返ると片手で何かしらのサインを送った。服とひとつなぎになった白いフードを頭に被り、ゴーグルを装着し白いマスクもしているため顔かたちや表情を窺《うかが》い知ることができない。

ハンドサインに応じたのか、同じ白ずくめの格好をした人間がもう一人、画面手前から現れた。手には担架のようなものを持っている。よく見るとキャスターが付いた折り畳み式ストレッチャーだが、それを軽々と運んでいる。二人は病室に入ると、すぐにツェットと思《おぼ》しき人間をストレッチャーに乗せて病室から現れ、そのまま画面手前へと消えた。画面左下に表示されている時刻を見ると、最初の白ずくめが現れてから一分と経過していない。ごく短時間の、手際のよい行動だった。

「詳しくは知らないのですが、患者には脈なんかを計測するための機械が付けられているのではないですか。そういったもののアラームとかは」

「バイタルサインモニターですね。確かに今回の患者様には二十四時間モニターをご装着いただいていましたが、それらは全て正規の手順で取り外されていました。そのためアラームは鳴らなかったものと思われます」

飯綱の疑問に吉田が答えた。

「次は警備員室周辺の防犯カメラ映像を見せてください」

職員がパソコンを操作すると二分割画面になり、右側に通用口を病院内から外に向けて撮影した映像が、左側に警備員室の入口を天井から斜め下に向けて撮影した映像が映し出された。

午前四時六分十秒、通用口に白いバンが横付けされた。窓には黒いスモークが張ってあり車内の様子は見えない。バンの後部ハッチが開き、車内から先ほどと同じ白ずくめの人間が三人降り立った。一人がストレッチャーをバンから引き出すと別の一人が後部ハッチを閉め、全員で通用口に向かって歩いてくる。

先頭の一人が通用口横のインターホンに近づき、ボタンを押して何やら喋った。すると警備員室から警備員が一人出てきて通用口の鍵を開ける。警備員室のドアは開いたままだ。白ずくめの一人が通用口のドアを引いて開くと、後ろの一人が突然腰に手をやり、銃のようなものを引き抜いて警備員に向けた。とたんに警備員が膝から崩れ落ちる。残りの二人が素早く動き、一人は倒れた警備員に屈み込んでその首筋に手を当て、もう一人は警備員室へと飛び込んでいく。そのまま二、三秒が経過すると、警備員室に飛び込んだ白ずくめが顔を出してハンドサインを送った。通用口の二人は、倒れた警備員の両手両足を持つと警備員室へと引きずり込む。全員が警備員室に消えて三分ほどが過ぎたところで、白ずくめ二人が警備員室から現れ、病院内へと消えていった。一人は手にストレッチャーを抱えている。

そのまま画面に変化がないまましばらく経ち、午前四時十四分四十八秒、ツェットをストレッチャーに乗せた二人が画面に現れた。警備員室から出てきた一人と合流し、通用口に停まったバンの後部ハッチを開いてストレッチャーとともに車に乗り込む。ハッチが閉じられる前にバンは発車し、画面から消えていった。

「すごい」

尾形が小さく嘆声を漏らす。飯綱も同感だった。白ずくめは九分足らずで病院からツェットを連れ去った。映像を見る限り三人の行動は統率されており、あたかも軍事訓練であるかのようだった。

「警備員を診察した医師によると、警備員二名の腹部には火傷の痕《あと》があったそうで、スタンガンなどの電極が接触して形成される火傷痕に似ているそうです。また、二名とも首筋に注射痕もあったとのこと。つまり、スタンガンで抗拒不能になったところで麻酔薬を打たれた。二人とも命に別状はありません」

尾形が報告する。飯綱は頷いた。

全身が防護服のようなもので覆われていたのは、毛髪や皮膚片などの微物を落とさないための用心だろう。白という色は病院での行動を容易にする。入院患者や病院関係者に出くわしても騒がれる可能性は少ない。そう考えると午前四時過ぎという時間帯も偶然ではなく、計画的にその時間帯を狙ったように思える。夜が白み始める寸前は、人間の注意力がもっとも低下する時間帯だ。

しかし、ツェットがこの病院にいることを襲撃者たちはどうやって知ったのか。消防局は患者の搬送先の問合せには応じない。そうすると病院に直接聞いたのだろうか。

「昨夜、この患者について問合せはありませんでしたか」

吉田は、飯綱のその質問を予期していたようだ。

「夜間勤務の職員に確認しましたが、そのような問合せはなかったそうです」

飯綱は吉田の答えに頷いたが、信用はできないと思った。外部からの問合せに応じた職員が事件発生を知って自らの失態に気付き、口を噤《つぐ》んでいる可能性もある。そうなると究明は難しいだろう。

一方で、サクラ・ウェルネスの研究所から尾行されていた可能性も捨てきれない。ツェットを搬送した救急車は緊急走行の必要なしと判断して通常走行で病院に向かった。尾行は容易だったはずだ。

今考えても仕方がない。疑問をひとまず脇に置く。その時、事務室に部下の馬場巡査が入ってくるのに気付いた。馬場も飯綱の姿を認めて近づいてくる。

「馬場、どうした」

「係長からこっちに回るように言われました」

「高尾のほうはいいのか」

「ええ。書類作成は終わりました。追って石井部長、津和さんもこっちに来ます」

助かった。尾形は優秀とはいえ捜査の経験が浅い。やはり一課の、しかも自分の直属の部下を使えるのは有り難かった。しかしそんな感想はおくびにも出さない。

「そうか。早速だが、いま俺たちが見終わった映像をここで見てくれ。二本あるが十分もかからない。それからSSBCに連絡して映像を回収し、解析するように依頼。次に警備員室にいる松木という警備員から事情を聴取。意識喪失した夜間警備員二名の第一発見者だ。ところで、鑑識は誰が来ている」

「桜井《さくらい》警部の班です。さっき大きな体を見かけました」

桜井は警視庁刑事部鑑識課の警部で、現場鑑識第二係の係長だ。田中と警察学校同期と聞いている。馬場が言ったように縦にも横にも広がる巨体が特徴だ。通常は警視が任命される検視官に警部をもってあてる『警部任用検視官』を務めたこともある鑑識のエキスパートで、奇矯な言動が多いために敬遠する一課の人間もいるものの、その博識さは折紙付きだ。

「桜井警部か。だったらここにお呼びして一緒に映像を見てもらえ、感想が聞きたい。俺は病室を見に行くが、すぐに戻る」

病室への移動中、二階のエレベーターホールで尾形の携帯電話が鳴った。「どうぞ」という吉田の身振りを見て尾形が電話にでたが、すぐに飯綱に差し出した。

「うちの鈴木課長です」

携帯電話を受け取り耳に当てる。

「飯綱です」

「鈴木だ。ややこしいことになったな」

「申し訳ありません」

「いや、誰の落ち度ということもないだろう。ただ、ウチの管轄の事件だけに情報が欲しい」

飯綱は防犯カメラ映像のことを含め、これまでに判明していることを丁寧に報告した。

「すると略取、傷害は明らかということだな」

「被害者の年齢と目的が判然としませんので、未成年者略取、営利目的等略取になるか、それとも逮捕監禁に止《とど》まるのかは分かりません」

「今後の捜査指揮についてはどうなる」

「管理官からも、係長からも、特別の指示を受けていません」

飯綱は慎重に言った。警視庁捜査一課と所轄との縄張り争いになることを危惧してのことだ。現在の飯綱は、神田警察署刑事組対課応援という立場である。従って、形式的には鈴木課長の指揮下にある。しかし実際には捜査一課の田中係長の指揮を受けており、報告もすべて田中係長に上げていた。もちろん、鈴木にも尾形から報告が上がっているはずだ。

「分かった。もともと迫口管理官から応援を出すと言われ、お前が来た時点でこの事件はお前に預けたつもりだ。今さらどうこうしようとは思わないので安心しろ。特別の指示があるまではこのままだ。ただしウチの管轄の事件で、ウチからは尾形だけというわけにもいくまい。何人か見繕って出すので使ってくれ。あいにく強行犯係は出払っているので、そのつもりでな」

驚いた。鈴木は事件を神田署の刑事組対課に引き上げることもでき、また、飯綱の知っている鈴木の性格であれば躊躇《ちゅうちょ》なくそうするはずだ。重罪の略取罪ではなく逮捕監禁罪に止まる可能性があるとはいえ、署に捜査本部が立ってもおかしくはない事件である。それなのに当面とはいえ飯綱に指揮を任せ、しかも神田署の人員を自由に使えという。飯綱のいない間によほど物分かりが良くなったのか、それともそれだけ迫口管理官が怖いということか。おそらく後者だろう。

「ありがとうございます」

「ああ。そっちに行く人間には尾形に連絡をとるよう言っておく。何か分かったら尾形を通じて報告を上げてくれ」

電話が切れた。

「神田署から人を出すが指揮はこちらでしていいそうだ。尾形くんは言ってみればお目付け役というところだな」

飯綱は携帯電話を尾形に返しながら言った。

「お目付け役？」

「要するに、俺がやることに間違いがあれば報告しろということさ」

「冗談でしょう？　間違っているかどうかも私には分かりませんよ」

笑いながら尾形は携帯電話を受け取った。

「七階は普段は使われないフロアです。応接室や当院を運営する医療法人の非常勤理事の執務室、それに特殊な入院患者様がいらっしゃった場合に使う病室が備えられています」七階でエレベーターを降りて、吉田が説明した。

「今回は捜査一課様からの受け入れ要請ということで、他に入院患者様のいないこのフロアの病室をご利用いただいております。三階にあるナースセンターが最寄りとなります」

「特殊な入院患者というと、いわゆるＶＩＰと呼ばれる人たちですか」

尾形が聞いた。吉田が苦笑しながら答える。

「ＶＩＰ用かと言われると、ちょっと困りますね。本館の上層階にスイートと呼ばれる部屋があり、世間でＶＩＰと言われる方々にはそちらを使っていただきます。このフロアにお泊まりになる方は、そうですね、そこまでではないがちょっと特殊な人々、といった感じでしょうか」

微妙な言い回しだった。困惑したのか尾形はそれ以上追及せずに黙り込んだ。

「病室に防犯カメラは」飯綱が聞いた。

「このフロアでは、基本的に病室内にカメラは備えていません。プライバシーの問題がありますので」

「ナースセンターから離れたフロアで室内にカメラもない。病人の様子を把握できず問題はありませんか」

吉田は足を止めて、困ったように飯綱を見た。そして周囲を窺い、辺りに人がいないことを確認して話し始める。

「あまり大きな声では言えないことですが、このフロアに入院される方は重大な疾患がない方がほとんどです。それでいて、重大な疾患があるかもしれないとして入院されます。つまり、そういうことです」

それを聞いてようやく尾形も気付いたようだ。特殊な入院患者とは、病気を装って世間から隠れる必要がある人間のことなのだ。そのため普段人が出入りせず人目に付きにくいフロアに病室が設けられている。病院側は、警察からの受け入れ要請患者で素性の知れないツェットを他の患者から隔離したいと考え、このフロアの病室に収容したのだろう。

「念のために申し上げますと、法に触れることはいっさい行なっていません。自費診療として代金をお支払いいただく方ばかりです」

保険診療の点数詐欺には加担していないと言いたいのであろう。病気でもないのに保険診療として診療点数、すなわち診療費を請求すると詐欺罪になる。

飯綱は吉田の弁解を肩を竦めて聞き流した。

本館はエレベーターホールを中心としたコの字型の建物になっており、吉田はホールを右に進んで角を更に右に折れる。角を曲がると青い服を着た鑑識課の係員たちが作業を行なっていた。飯綱は近くの鑑識員に声を掛けた。

「捜査一課の飯綱だが、桜井警部は」

「先ほど電話がかかってきて、下に降りましたよ」

どうやら行き違いになったようだ。

「中を見たいんだが」

「見てのとおり、まだゲソ痕をやっています。中でもリタックシートをやっていますよ。それでも見たいというのであれば」

言葉を切ると鑑識員は、廊下の片隅に置いてある鑑識キットが入ったケースを指差した。

ゲソ痕とは犯人の足跡のことである。屋内では、ALSという捜査用ブラックライトを床に照射し肉眼では見えない足跡や擦過痕を浮かび上がらせて写真に撮る写真記録法や、静電気微物採取器によって帯電した特殊シートにほこりを付着させそれを粘着シートに転写する静電気KSシート転写法という手法が一般的で、ここでは両方ともやっているようだ。リタックシートは片面が粘着シートになった巨大な透明シートで、床や壁に貼り付けて微物を採取する道具である。

飯綱は、ケースに歩み寄ると毛髪落下防止用のネット付き帽子とマスクを取り出して装着し、靴にこれもケースにあった不織布の靴カバーを着けた。仕上げにブラシで服を払う。尾形が慣れぬ手付きで、吉田がそれ以上に不器用な手付きで飯綱に倣《なら》った。

「これが先ほどご覧いただいた映像のカメラです」

病室のドアの前まで進んだ吉田が天井を指さす。そこには光沢のある黒いカバーに覆われた防犯カメラがあった。防犯カメラを挟んで病室のドアの向かいには、常時閉鎖と書かれた防火扉がある。

「この防火扉の向こうは階段ですか」飯綱が聞く。

「そうです。最近、防火扉の管理について消防がうるさくて。この扉も常時閉鎖ということで閉じています。職員が階段を使って行き来するので本当は開放しておきたいのですが、防火計画上できません」

「常時閉鎖ということは、開けることはできないんですか」

「いえ、ノブを回して引けば開きますよ」

防火扉の端には、直径十センチほど、深さ一センチほどの丸い窪《くぼ》みがあり、その中に半円形の金属ノブが収められていた。飯綱はノブを回して防火扉を開け、非常階段を確かめる。犯人はこの非常階段を使って移動したに違いない。廊下に戻ると病室に入った。ベッドとクローゼット、洗面台があるきりだ。

「想像以上に何もない部屋ですね」尾形が声を潜めて言う。

ここに犯人に繋がる手掛かりは残されていないだろう。そう思いつつベッドに近付いた。掛け布団は捲《めく》られ、シーツには僅かに皺が残っている。

「尾形、ツェットのＤＮＡ型鑑定資料は採取したんだよな」

「はい。採血した病理検査用血液の一部を病院に任意提出してもらい、鑑定に回しました」

「超特急で鑑定してもらおう。早くマル害の身元を特定するんだ。あの少年はよほどの重要人物らしい」

「そうですね」

病室を出ると吉田に振り向いて言った。

「会議室を三つご提供いただけますか。二つは小さいもので構いませんが、一つはそれなりの広さのところをお願いします。臨時の指揮場として使いたい」

「分かりました。すぐに用意させます」

現場指揮本部となった二階事務室近くの会議室には、捜査一課主任で警部補の飯綱、捜査一課巡査部長の石井、津和、巡査の馬場、鑑識課係長で警部の桜井、神田警察署の盗犯係巡査部長の田島《たじま》、巡査の名取《なとり》、葉山《はやま》、そして強行犯係巡査の尾形の九名の捜査員が集まり、即席の捜査会議が開かれた。病院を代表して事務長代理の吉田も出席している。定石からすれば部外者は外すべきだろうが、これからの捜査に協力してもらわなければならない。

「以上の通り、防護服に身を固めた犯人たちは十分にも満たない短時間で被害者を連れ去った。目撃者は期待薄だが、昨夜本館病院で勤務していた病院職員に聞き込みを行なう。吉田事務長代理に職員を順次連れてきてもらうので、二人一組で三班に分かれ聴取にあたって欲しい。班分けは、津和と葉山、石井と名取、馬場と田島。私と尾形は昨夜被害者を診察した医師から話を聞く。ここまでで質問は」

誰からも発言はなかった。

「よし。石井班はツェットの病室付近に勤務していた職員からの聴取を重点的に行なってくれ。津和班は職員の聴取が終わり次第、警備員の容体を確認し可能なら事情聴取すること。馬場班は職員の聴取後、白いバンのナンバーの割り出しとNシステムの検索。四時間以上が経過していることからすると厳しいだろうが、当たれば事件解決だ。桜井係長、防犯カメラの映像を見て気付いた点があれば教えて欲しいのですが」

「気付いた点ね」

桜井は巨体を揺らしながら立ち上がった。よくこの巨体で鑑識のような繊細な作業ができるものだと飯綱はいつも感心してしまう。それでいて年齢に似合わぬ童顔に甲高い声ときており、アンバランスなこと甚だしい。

「ホシが使っていたスタンガンだけど、あれはテーザーガンだね」

「テーザーガン？」

「そ。アメリカの警察が暴徒鎮圧などに使うやつ。ハンドガンタイプで、銃先からワイヤー付きのプラスマイナスの二つの電極が発射され、命中すると高電圧を発生させる仕組みになっている。簡単に言えば、引き金を引くと、ぴよよーんと電極が飛び出て相手にくっつき、ショックを与える感じ。映像を細かく分析すればプローブと呼ばれる電極が飛び出しているところを確認できると思うよ。それにしても凄いね。普通は一、二メートルが有効射程距離なのに、今回のやつはもっと射程が長そうだ。しかも大の男が一瞬で崩れ落ちているけど、普通のやつはそこまでの威力はない」

「テーザーガンは国内でも販売されているのですか」

「いや、正規には販売はされていないよ。発射能力が強いやつは銃刀法的にグレーゾーンのところがあってね。たまに輸入品が売られている程度かな。何を隠そう、鑑識課でも有志が集まって輸入品を一つ購入し、皆で分解したことがある。楽しかったよ」

「では、凶器の線から犯人を追うことは可能ですね」

桜井の含み笑いを無視して飯綱は聞いた。

「うーん、それはどうかな。さっきも言ったでしょ、これは凄いって。おそらくアメリカでも市販されていないものじゃないかな。テーザーガンの名前の由来はテーザーという会社が作ったことによるものだけど、今回のやつはテーザー社の純正品ではないと思う。いってみれば改造銃だね。それに男たちのハンドサイン。あれはそこらのチンピラが使うようなハンドサインじゃないよ。軍隊で使うサインだ」

「軍隊？　間違いないですか」

「間違いない。映画で見たのにそっくりだったから」

桜井の頭をひっぱたきたくなった。それを我慢して尋ねる。

「他にありませんか」

「ゲソ痕と微物の採取は期待できないね。全身を不織布で覆っているし、靴カバーも装着している。男たちが乗ってきたバンも、メーカーを特定できるかすら怪しい。特殊タイヤを使っているのかタイヤ痕を残していないし、車体やホイールはわざと没個性的に作られているように見える」

「つまり、手掛かりはなし、と」

桜井はにやりと笑った。

「いや、手掛かりがない、という手掛かりが残ったわけ。大人が三人も動き回って痕跡一つ残していないんだ。犯人はキッドナップの訓練を受けた連中だよ。はっきり言ってあげようか、こいつらはアーミーの特殊部隊だ。自衛隊か米軍か傭兵《ようへい》かは分からないけどね。ふふ、東京も賑《にぎ》やかだね。特殊部隊が大病院から人を誘拐するんだもの」

何が可笑《おか》しいのか、桜井は笑い続けている。飯綱は頭が痛くなってきた。桜井など捜査会議に呼ぶのではなかった。

「貴重なご意見、ありがとうございます。さ、みんな捜査を始めるぞ。正午には一度ここに集まってくれ。尾形、行くぞ」

飯綱が立ち上がり、尾形と一緒に部屋を出ようとしたところで桜井が声を掛けてきた。

「あ、ドクターに会いにいくんでしょ。私も行こうっと」

意外な申し出に、飯綱は片眉を上げて真意を尋ねた。

「特殊部隊が連れ去るような被害者に興味があってね。『ツェット』と呼ばれていたんでしょ。ドイツ語のZ。アルファベット最後の文字、転じて最終兵器の意味。まるで人間兵器みたいじゃない」

桜井の言葉に飯綱の動きが止まる。被害者が人間兵器？　まさか。だがサクラ・ウェルネスとの繋がりを考えた時、漠然とした不安が飯綱の胸に押し寄せた。

3

「まったく普通の少年でしたよ」

柴崎《しばさき》という救命救急センターの医師は、徹夜明けだろうと思われるぼさぼさの頭を掻きながら答えた。無精ひげに白いものが混じっており、見かけほど若くはないことが分かる。

本館一階にある救命救急センターの診察室。周囲と緑色のカーテンで仕切られただけの診察室は、桜井の巨体で圧迫感に満ちている。

「搬送されてきたのが午後八時六分。それから看護師がバイタルをとり、私が診察しました。診察したと言っても、救急隊員が撮ったカルテの写真を印刷して確認し、クランケと照合する簡単なものでしたけどね。バイタルは安定していて、外傷も痣《あざ》がある程度、そこも触診で異常はなくカテーテルも胃ろうも問題はなかった。生命に対する危険はまったく感じませんでした。ですから、採血をして病理検査に回し、バイタルのモニタリングと翌日の精密検査を指示して病室に入れるように言いました。今でもそれでよかったと思ってますよ」

面倒くさそうに柴崎は言った。生命に関わる重傷者を診る救命救急センターにしてみれば、眠っているだけの患者の優先順位は低いだろう。

「ただ、触診の際に右前腕部内側皮膚下に異物がありましたね。幅約一センチ、長さ約三センチの円筒様異物。でも突起物等はなく、生命に危険を及ぼすものではないと判断して翌日のCTを指示しています」

柴崎の言葉に戸惑う。

「腕に何か埋め込まれていたということですか」

「そうです」

無言で柴崎を見つめた。腕に何かが埋め込まれているというのは重大なことのように思えるのだが、適当な質問が思いつかない。柴崎も困ったように飯綱を見つめ返す。

「それってＲＦＩＤタグ？」

堪りかねたように桜井が割って入る。柴崎がほっとしたように答えた。

「たぶんそうだと思うんですが、ここにはＲＦＩＤスキャナーがないので確認はできません。欧米の救急病院ではかなり普及しているんですけどね」

「ちょっと待ってください、桜井係長。そのＲＦＩＤタグとは何ですか」

「知らないの？　どこにでもあるよ」

「どこにでもというのは」

「どこにでもだよ。電気製品の量販店とか、ファストファッション店とか。商品に、薄い茶色の金属片が入った透明のシールが貼ってあることがあるでしょ」

「会計のとき、上から銀色のシールで隠すやつですか」

「そう、それ。『レイディオ・フリークエンシー・アイデンティフィケーション・タグ』、略してRFIDタグ。タグの金属片から放射される弱い電波をスキャナーでキャッチし、その商品情報を読み取ることができる。バーコードと似たような機能だけど、バーコードと違って電波の届く範囲ならどこからでも情報を読み取ることができる」

「それが病院とどう関係するんです」

「患者に埋め込んでおいて、取り違いを防止するの。昏睡状態の患者に埋め込んでおけば、投薬や検査などを間違えずに済むでしょ」

「なるほど」素直に感心した。

「でもね、タグの埋め込みは『獣の刻印』を思わせるという理由でキリスト教団体が反対したりしてね……」

「ちょっと待ってください、そこから先の情報は捜査に不要な気がします。柴崎先生、腕に埋め込まれていたものがそのRFIDタグだと判断したと」

「昏睡患者でしたし、民間の医療施設に入っていたということですから取り違え防止用のタグだろうと思いました。形も似ていましたし。私はアメリカで実物を見たことがありましたので」

「タグの埋め込みは簡単なのですか」

「大きさにもよると思いますが、局所麻酔をしたあと専用の注射器で皮下に挿入するというごく簡単な処置で済みます。手術して埋め込む、というほど大掛かりなものではありません。繰り返しになりますが大きさにもよります」

飯綱はサクラ・ウェルネスの四谷研究所を思い浮かべた。患者はツェット一人だけだった。取り違えを防ぐための措置を講ずる必要があったとは思えない。

「そのＲＦＩＤタグですが、患者識別以外の用途はないのですか」

柴崎はしばらく考えてから答えた。

「医療関連分野で注目されているのは、徘徊癖《はいかい》のある患者への応用ですね」

「徘徊癖というと、認知症の老人とかですか」

「ええ。患者の行動圏にスキャナーを設置し、行動を監視します。更にはＲＦＩＤタグにＧＰＳ受信器を搭載し、位置情報を電波に乗せて周囲に発信するものもあります。その電波をアンテナで拾えば、徘徊している患者がどこにいるのか分かるという仕組みです」

「しかし、ＧＰＳを付けるとなるとかなり大きな装置になるのではないですか」

「アメリカで見た実物は、普通のＲＦＩＤタグと変わらない大きさでしたが……」

　柴崎は自信なさげに言い、桜井を見た。つられて飯綱も桜井を見る。二人の注目を浴びた桜井は嬉《うれ》しそうに喋り始めた。

「柴崎ドクターが正解。ＧＰＳといっても受信器だけならそんなに大きくならない。小さくしようと思えば指先程度の大きさにだってできる。問題は位置情報を流す電波発信機のほうだね。もっといえば、発信機そのものよりも発信機を動かすバッテリーの問題。普通のＲＦＩＤタグは金属をコイル状にすることにより微弱電波を発信するようになっているけれど、位置情報を乗せた電波となるとそれなりの出力がいる。柴崎ドクターがアメリカで見たのは、常に電波を発信するタイプだった？」

　話を振られるとは思っていなかったのであろう、柴崎が驚いたように答えた。

「あ、いえ、どうでしたかね。よく覚えていませんが、常にというわけではなかったように思います」

「ふーん、やっぱりね。実用化しようとすると間欠型だろうね」

「間欠型？」

　また話についていけなくなりそうになり、飯綱が聞いた。

「うん。常に電波を発信しておくのではなくて、例えば電波を一時間に一回とか、二時間に一回とかの頻度で飛ばすようにする。これが間欠型。常時発信に比べて大幅にバッテリーの消費を抑えることができるし、ある程度強い電波であっても長時間飛ばすことができる」

「アメリカでは一年に一度のタグの交換で済むよう実証実験が進められているそうです」柴崎が割り込んだ。

「へえ。メキシコでは誘拐に備えて金持ちが自分で埋め込むんでしょう」

「でもそれはGPSを搭載していない微弱電波の普通のRFIDタグで、実際には役に立たないという話ですよ」

「それに誘拐犯のほうもRFIDタグを警戒して、タグが埋められてそうな腕とかを切り落としてしまうんですって」

「メキシコなら納得です。アメリカ南部の救急病院にいたことがあるんですが、もうナイフ傷が多いのなんのって。ナイフといっても、包丁よりも大きな牛刀みたいなやつですよ。拳銃よりもナイフを取り締まったほうがいいんじゃないかと思いましたよ」

「南部気質というのかな。ナイフは男の象徴というじゃありませんか。それはそれでロマンがあっていいんじゃない」

盛り上がり始めた桜井と柴崎を見てうんざりする。柴崎が桜井の同類だったとは、道理でRFIDタグなんかに詳しいわけだ。救急医科で身に付く知識ではないだろう。

柴崎が個人的趣味で見聞きした知識に違いない。隣の尾形を見ると、やはり呆《あき》れたように桜井と柴崎を見較べていた。

「そうすると、そのＲＦＩＤタグとやらでマル害の位置を突き止められたわけですか」

馬場が聞いた。

「断定はできないが、その可能性が高い。そう考えれば水野という女性研究員があっさりツェットを引き渡したことも納得できる。いつでも居場所を特定できるわけだからな」

水野の澄ました顔を思い出した。口に苦いものが湧く。

――水野の術中にはまったようなものだ。

飯綱は再び現場指揮本部の会議室に戻っていた。桜井との雑談に何とか割り込み、ツェットの血液検査の結果を柴崎から聞き出すと、桜井を残して尾形と会議室へ引き上げた。血液検査の結果に異常はなく、成分検査の全数値が通常の範囲に収まっている。桜井の「ツェット人間兵器説」を裏付ける事実は一切なかった。

会議室に戻ってサクラ・ウェルネスの八ヶ岳研究所に電話をかけたものの、竹内も水野も不在だという。今の手持ち証拠では二人の逮捕状はおろか、捜索差押許可状の請求も難しい。

——任意の出頭要請をかけて二人の反応を見るしかない。

そう考え二人の所在を確認しようとしたのだが、応答した職員は二人の所在を把握していないし、把握していても教えることはできないと言う。仕方なく自分の携帯電話の番号を教え、できるだけ早く折り返しの電話が欲しいと伝えた。「人ひとりの命が懸かっているんだ」と強い口調で言うと、電話口の向こうで息を呑《の》む気配があった。職員は「できるだけ早く電話させます」と約束した。

正午になり、事情聴取を終えた捜査員たちが会議室へと戻ってきて二度目の会議が開かれた。

「いやいや、ビデオを見ていなかったら、看護師全員が共犯じゃないかと疑うところです。寝たきりの患者が七階から略取されているのですから、物音がせんわけがない。ところが見事に誰も何も見聞きしてない。桜井係長の言った通り、犯人は軍の特殊部隊だとでも考えない限り説明がつきませんわ」

石井はともすれば感心しているようにも聞こえる口調で言った。

警備員たちは未だ麻酔薬の眠りから醒めない。

「大イビキで寝てますよ。腹が立ったんで、薬か何かで早く目を覚ますことができないかと医者に言ったら、無理に起こすと体に悪いそうで、逆にこちらが叱《しか》られました」

津和が頭を掻きながら報告した。

「それに麻酔薬から覚醒したときには一時的な健忘がよくあるそうで、あまり事情聴取に期待しないほうがいいとも言われました。それでも事情聴取をしたいなら、夕方には可能になるだろうとのことです」

「馬場、車のほうはどうだ」

「構内の防犯カメラ画像からバンのナンバーを特定しました。今、どこを走っていると思います」

馬場が悪戯《いたずら》めかして笑う。大の男が悪戯めかしても、ちっともかわいくはない。飯綱は苛立った。

「どこだ、さっさと言え」

「なんと九州の佐賀県です。車両登録番号から車種と型式を照会したのですが、ニッサンのマーチですって。つまりナンバープレートは偽造です」

「Nシステムの走行記録はどうなっている」

「この病院を出て北の方向に走ったところまでは記録がありますが、途中で記録がぷっつりとなくなります。ナンバーを付け替えたか、車を放棄したか、あるいはその両方か。人員を出して記録が途絶えた付近の防犯カメラを洗う必要がありますね」

「そちらはＳＳＢＣの機動捜査に頼もう。ほかに報告事項は」

飯綱は全員の顔を見渡したが、みな首を振った。

「やれやれ、桜井係長の言った通りだな。『手掛かりがないという手掛かりが残った』。昼飯にするか」

会議の終了を宣言したその時、飯綱のポケットで携帯が震え始めた。液晶画面を見て顔をしかめる。

「昼飯はちょっと待て。田中係長だ」

飯綱は全員に告げて携帯電話にでる。

「とんでもないことだぜ、飯綱」

抑揚のない声が受話口から流れ出た。

「とんでもないこと？」

慎重に聞く。

「お前のところのマル害と、こちらのマル被のＤＮＡ型が一致したのさ」

「ありえません。二人は別人です」

ＤＮＡ型の出現頻度は四兆七千億分の一。山下とツェットのＤＮＡ型が一致することは科学的にありえない。

諦めを含んだ声で田中が言った。

「だからとんでもないことなんだよ。すぐ捜査本部に来るんだ。管理官も待ってる」

第五章

完全一致

1

「こちらは警察庁犯罪鑑識官所属で技術吏員の庄野《しょうの》職員だ。庄野さん、説明を」

田中に促され、髪を七三に撫《な》でつけた黒縁メガネの男がひな壇で立ち上がった。

高尾警察署の捜査本部。飯綱は追放されたはずの本部で会議に出席していた。病院にいた捜査一課員と尾形、それになぜか桜井も一緒だ。

午後三時からの臨時捜査会議には本部の捜査員全員が呼び戻されていた。もっとも勾留延長満期三日前ということもあり、本部捜査員は漸次減員され、今は捜査一課第四係の十三名と高尾警察署の十一名、合わせて二十四名となっている。そこに飯綱たちが加わった。ひな壇には、庄野のほか、迫口管理官と田中係長、高尾警察署刑事組対課長の西川《にしかわ》警部が並んでいる。

「ではご説明いたします。今朝、警察庁刑事局犯罪鑑識官に、神田警察署刑事組対課鑑識係から急ぎのDNA型鑑定の委嘱がありました。皆様もご存知のとおり、急増するDNA型鑑定に対応すべく警察庁刑事局犯罪鑑識官では独自にDNA型鑑定機器を設け、各都道府県警下の科学捜査研究所と合わせて、各地からのDNA型の鑑定委嘱に応じているところであります」

緊張しているのか、庄野は落ち着きなく体を揺らしていた。

「神田署からの委嘱を受け、同僚と私の二名で鑑定を行ないました。現在、犯罪鑑識官に導入されている鑑定機器は、最短九十分で型鑑定を行なうことができます。実際には、機器の性能を確認するための陽性試験、陰性試験を毎回行ないますので数時間を要しますが、それでもひと昔のように数日かかるというものではありません」

どこか誇らしげな口調だった。だが、一転して心細そうな弱々しい口調に変わる。

「鑑定結果を得た私どもは、神田署鑑識係に回答するとともに、犯罪鑑識官が管理する被疑者DNA型データベースで照合しました。その結果……」

庄野は言葉を切った。苦しそうな表情を浮かべている。

「その結果、こちらで逮捕勾留されている被疑者のDNA型と一致したのです」

うなだれて庄野は椅子に座った。飯綱はようやく理解した。庄野の体の揺れは緊張によるものではない。動揺していたからなのだ。

警察庁のDNA型データベースは、庁の威信をかけた事業である。究極の個人情報といわれるDNA型を国家が収集しデータベース化することへの風当たりは強く、国会でもたびたび問題として取り上げられている。研究者の中には憲法違反だという者もいる。警察庁が族議員に働きかけて応援してもらい、国会での野党の質問には捜査情報の秘匿を盾に答弁をはぐらかし、その一方で財務省を説得して予算をつけ、そうして実現してきた事業である。それが可能であったのは、DNA型が万人不同、絶対的に近い個人識別能力があり、捜査に極めて有益との建前があったからだ。同じDNA型を持つ人間が二人いることは、警察庁のDNA型データベース事業の存続を脅かすものといえた。

「質問！」

隣から甲高い声が響き、勢いよく手が挙がる。

「どうしてお前がいるんだ、桜井」

田中が露骨に嫌な顔をする。

「そんな顔をするなって、田中。同じ釜《かま》の飯を食った仲じゃないか」

「飯盒《はんごう》のメシを一人で食って同期から総スカンを食らったのは誰だ」

田中が言い返す。迫口が怒鳴った。

「二人ともいい加減にしろ！　なんだ桜井、言ってみろ」

「庄野職員、DNA型は十五座位の完全一致か？　それとも部分一致か？」

打って変わって厳しい口調で桜井は問い質《ただ》す。

「十五座位を掛け合わせた型の出現頻度は、最頻のものでも約四兆七千億分の一だったな」

「はい」

「しかし最近の論文では、同一の型を持つ人間の出現頻度はゼロを上回ると聞いている。つまり同じ型を持つ人間が二人いる可能性を否定できないということだ。違うか？」

「その論文は私も読みました。しかし論文の趣旨は、数学上、同一型を持つ人間がもう一人いる可能性はゼロにならないということであって、同一型を持つ人間が必ず二人いると主張するものではありません。それに、その論文でも時間的、地域的偏差を考慮した場合、その可能性は無視していいものとも書いてあります。つまり、仮に同一型を持つ人間が二人いたとしても、その二人の人間が同じ時代に、同じ地域に存在する可能性は限りなくゼロに近いということです」

「じゃあ、どちらかの鑑定が間違っているんだ」

「犯罪鑑識官内部でも検討しました。間違いが混入する可能性は、採取過程か鑑定過程で検体がすり替わったか汚染されたか、あるいは鑑定機器の故障かです」

庄野が立ち上がり、ひな壇横にある白板に近付いた。「鑑定資料の違い　口腔内細胞と血液」「鑑定機関の違い　警視庁科捜研と警察庁犯罪鑑識官」と板書する。

「こちらの被疑者の資料は、新品の採取キットを使って口腔内細胞が採取され、収納袋に密封された状態で警視庁科捜研に届けられていました。神田署の事件のほうは医師が血液を採取し、採血に立ち会った警察官がそのまま警察庁犯罪鑑識官に届けています。いずれも資料のすり替えは考えられません。また、鑑定を行なった機関が違うことから、鑑定過程での資料のすり替わりや混同も考えられません」

庄野が白板の前からひな壇の席に戻る。

「一方、鑑定機器の故障ですが、どちらの鑑定時も陽性試験、陰性試験ともに正常でした。故障は否定されます」

鑑定機器の陽性試験はあらかじめDNA型の分かっている試料を使用して型判定を行ない、正確に型が検出することができるかをみる試験だ。これに対し陰性試験は、一切の試料が含まれていない真水を用いて型判定を行ない、いかなる型も検出されないことを確認する試験である。もし鑑定機器に故障があれば、陽性試験、陰性試験のいずれか、あるいは両方で異常な結果が検出される。

桜井は「ううむ」と唸って黙り込み、着席した。

「もう一度鑑定することはできないのか」田中が聞いた。

「今、綿棒と血液の残存資料を使って再鑑定を進めています。新しい資料を採取できればいいのですが、略取事件の被害者はいませんし、こちらの被疑者から資料を採取するには令状が必要ですし……」

山下は出頭後に口腔内細胞の提出に応じている。もう一度提出を求めても真意を怪しまれ、応じてはくれないだろう。逮捕後、一貫して黙秘していることからすれば尚更だ。

そうすると、庄野の言ったように身体検査令状と捜索差押許可状、あるいは鑑定許可令状を裁判所に請求して強制採血するしかない。だが口腔内細胞の任意提出があった以上、強制採血は不要と判断される可能性が高かった。

何より、捜査本部は裁判所に対し、宮原の自宅に山下のＤＮＡ型と一致する微物が遺留されていたことを理由に逮捕状を請求し、許可されたのである。今さらＤＮＡ型鑑定が間違っていた可能性があるから強制採血のための令状をくれとは言えない状況だった。

「再鑑定でもＤＮＡ型が一致した場合はどうなります」

捜査員から質問が飛んだ。田中が答える。

「宮原の自宅の微物は山下のものと断定できない。そうなると山下の自白だけが残ることになるが、補強法則によって自白だけでは有罪にできない。検察官は起訴を見送るだろう」

自白の補強法則とは、自白にはそれを裏付ける別の証拠——補強証拠と呼ばれる——が必要であるという、法律上のルールをいう。山下の自白のうち、山下と宮原の交際関係と犯行現場を裏付ける証拠は、宮原宅で採取された山下の微物のみであった。しかしその微物が他人のものである可能性があれば、自白の補強証拠として使うことは難しい。

「発言許可願います！」

後ろから尾形の声が飛んだ。驚いて振り返ると尾形が手を挙げている。尾形を知らない捜査本部員が、誰だお前は、の顔で尾形を見る。

「神田警察署刑事組対課の尾形巡査です。飯綱警部補と別件の捜査にあたっています。発言してもよろしいでしょうか」

大声で言う。田中が迫口を見た。

「所轄のボウヤか。言ってみろ」迫口が言った。

「ありがとうございます。略取被害者、これはツェットと称される少年ですが、ツェットとこちらの被疑者山下のＤＮＡ型が一致したとしても、ツェットと山下、ツェットと本件被害者である宮原の間に接点がないのであれば、宮原宅の微物は山下に由来するものと考えてよいのではないでしょうか。そうだとすると微物の補強証拠としての価値は失われないものと考えます」

ほうっと声がどこからともなく上がる。尾形の言うことは理に適っていた。

「飯綱に付いているだけあって理屈っぽいねえ」田中が苦笑する。

手指の先まできちんと伸ばし揃えて立つ尾形を眺めながら迫口が言う。

「お前の言う通り、ツェットと宮原に鑑がなければ微物の補強証拠としての価値は失われない」

「そのためにはツェットの身上を徹底的に洗う必要がありますね」

田中が同調し、飯綱に問い掛ける。

「飯綱、ツェットの身上はどこまで分かってる」

「何も分かっていません。ツェットを保護した際、現場に居合わせた水野という女性研究員に聞きましたが、面倒を見ていたのは所長の竹内という人間で、自分は何も知らないと言われました。どこまで信用できるかは分かりませんが」

「その水野というのも怪しいのか」

「おおいに。事情を知っているのに話していない、そんな気がします。竹内も同様で、怪しさという点では二人ともいい勝負です。別件での二人に対する聞き込み結果を尾形巡査が報告書にまとめています。読めば分かりますが、社有車の盗難被害状況について、二人とも虚偽の供述を行なった疑いがあります。なお、今朝、二人に連絡を取ろうと試みましたが両名とも所在不明です」

「分かった、報告書については全員に配布する。それにしても究極の個人情報であるDNAが分かっていながら本名ひとつ不明とは皮肉だな」

「勾留延長満期まであと三日だ。泣き言を言っている暇はないぞ」

田中を叱咤《しった》するように迫口が言った。

「そうですね。竹内と水野を参考人として事情聴取しましょう。担当は後で指名する」

最後の言葉は捜査員に向けたものだ。

「あの……」ひな壇から庄野が、か細い声をだした。

「二人のDNA型が一致した件は、どうなるのでしょうか」

田中が迫口の顔色を読み、庄野に顔を向けた。

「庄野さん、ご協力に感謝します。しかし二人のDNA型が一致した事実は、事実として受け入れるしかない。その上でどのような捜査をするか考えるのが我々の仕事です。犯人検挙に必要なら一致した理由を探ることもしますが、現状では私どもの仕事とはいえません」

「そんな……」庄野が泣きそうな声で言う。

「係長。宮原とツェットに鑑があった場合に備え、ＤＮＡ型一致の理由についても捜査すべきです」

飯綱が声を上げた。田中が不機嫌な顔になる。立ち上がりながら構わず飯綱は続けた。

「庄野さん、あなたもいけない。察するところ、原因を究明するまで帰ってくるなぐらいのことは犯罪鑑識官に言われているのでしょう？　だったら捜査の糸口くらいは教えてもらわないと。恥ずかしい話だが、われわれは科学にそれほど明るくない。そのための技術職員でしょう」

隣に座る桜井が「僕は科学に詳しいよ」と呟いたが無視して着席した。

「あります、あります、糸口は」

「あるのかい」田中が目を剝いた。

「なぜ今まで言わなかった」

「いいえ、隠していたわけではないんです。突拍子もないことと思われてはいけないので、話すタイミングを考えていたのです」

「じゃあ、今、話してください」

田中が呆れた様子で促した。慌てて庄野が立ち上がる。

「はい。本件被疑者に聞いて欲しいことがあります。十数年前に体細胞を提供したことはないかと」

捜査本部に沈黙が降りた。誰も庄野の発言を理解できなかったようである。

「あー、それはDNA型鑑定のための口腔内細胞のこと?」

桜井が立ち上がりながら聞いた。

「いえ、違います。体細胞の核のことです」

「それってつまり……」

「体細胞核移植のドナーとしての経験があるかということです」

桜井が黙る。飯綱が隣を見ると、思わずたじろぐほどの怖い顔をして庄野を睨んでいた。

「あんた、正気か」

やがて口を開いた桜井の口調の厳しさに、庄野は下を向いた。

「そうとしか考えられないのです」

「法で禁止されているが……」

「禁止されたのは平成十三年の六月です。胎児期間を計算に入れると、略取被害者が十四歳以上であれば、法で禁止される以前の出生となります。それに今回、彼に関して略取という犯罪が犯されていることからすれば、仮に法律で禁止されていても意に介するような者たちではないと思います」

「技術的には可能か」

「容易でしょう。サクラ・ウェルネスの親会社サクラ発酵は、遺伝子組換え作物の分野で世界有数のシェアを誇っていますし、南アメリカでは体細胞クローン畜産の研究も行なっています」

桜井が考え込む。

「桜井、説明しろ」テンポよく進んだ二人の会話に追いつこうと田中が言った。

「田中、『ヒトに関するクローン技術等の規制に関する法律』を知っているか」

「いや」

「略してクローン技術規制法という。庄野職員によれば、平成十三年六月から施行されている」

「どんな法律なんだ」

「ヒトクローン胚を、ヒトの胎内に移植することを禁止している。違反した場合の罰則は懲役刑だったか、庄野さん」

「十年以下の懲役または一千万円以下の罰金、あるいは両方の併科です」

「だからその法律は何を禁止しているんだ。分かりやすく言ってくれ」

「体細胞核を未受精卵に移植したクローン胚を人間の胎内に移植すること、すなわちクローン人間を作ることを禁止している」

　捜査本部が再び沈黙する。飯綱は横面を張り飛ばされたような衝撃を受けた。田中は口を閉じることも忘れて桜井と庄野を交互に見ている。田中のみならず、他の捜査員たちも呆然と二人を見やる。叩き上げの貫録か、迫口だけは目を閉じ口を引き締め、動揺を表していない。

「冗談もいい加減にしろ！　クローンだと。馬鹿じゃないのか！」

　田中が声を張り上げる。桜井が庄野のように下を向いた。

「田中、残念だが冗談と笑い飛ばすことはできん。少なくとも可能性はある」

「ありうるのか」田中が絞りだすように聞いた。

「技術自体は平成十年には確立している。実際、畜産に限って言えば、日本でも体細胞クローン牛が数百頭飼育されている。外国を含め、畜産市場に体細胞クローン牛が流通したことはないとされているが、実はヨーロッパではすでに出回っているという話もある。もっとも、これは検視官研修のときに雑談的に聞いた話だ、あまりあてにしてくれるな」

声音が違っていた。低く聞き取りにくい。桜井にとってもそれだけ衝撃が大きいのだろう。

迫口が瞑っていた目を開けた。腕組みをしたまま口を開く。

「飯綱。ツェットとやらを追ってきたのはお前だ。意見を言え」

衝撃の残る頭で必死に考えをまとめる。しかし思考は千々に乱れ、収拾がつかない。喋りながら考えるほかなかった。

「ツェットはサクラ・ウェルネス所有の車から飛び出し対向車にぶつかりました。なぜ車から飛び出したのかは不明ですが、サクラ・ウェルネスから逃れようとしたと見ることもできます。車に同乗していた人間は、負傷したツェットを病院に搬送することなく都内のサクラ・ウェルネスの研究所に運び込み、医師免許を持つ研究員が治療に当たりました。この経過を見ると、サクラ・ウェルネスはツェットを外部の人間の目に晒《さら》したくないと考えているように思えます」

自分に言い聞かせるように発言した。

「交通事故をきっかけとして、神田署刑事組対課が捜査に乗り出し、私が応援に加わりました。捜査班はサクラ・ウェルネスの研究所でツェットを発見し、都内の総合病院に搬送して保護しました。すると、その晩のうちに何者かが病院からツェットを連れ去りました」

飯綱たちの捜査を知らない本部捜査員のため、簡単に経緯を織り交ぜながら話を進める。

「サクラ・ウェルネスの八ヶ岳研究所の聞き込みの際、所長代理で女性研究員の水野は、サクラ・ウェルネスはサクラ発酵グループ全体の生物学的基礎研究を担っていると発言しました。先ほどの庄野さんの報告によれば、サクラ発酵はクローン畜産の研究を行なっています」

他にはないか。

「ツェットが搬送された総合病院の医師は、ツェットの右前腕部に、幅一センチ、長さ三センチの円筒形の異物が埋められており、位置情報を発信する機器ではないかと供述しています」

見落としがないことを頭の中で確認し、検討する。

「以上の事実からすれば、ツェットには占有、強奪の対象となるだけの価値があると考えるのが合理的です。そしてＤＮＡ型完全一致の事実を併せ考えると、その価値には財産的価値のほか、生物学的価値も含まれうると考えます」

「やっぱり理屈っぽい男だね。尾形巡査、飯綱を見習うんじゃないぜ」

田中が言うと、緊張に包まれていた講堂に笑いが広がった。

「結論を言え」笑いを断ち切るように迫口が飯綱に命じた。

「ツェットがクローン技術で生まれた人間である可能性を否定できません」

飯綱は着席した。早くも衝撃から立ち直ったらしい田中が聞く。

「庄野さん、企業がクローン技術で人間を作るメリットは？」

どんな事実であろうと現実として受け入れ、即応できる柔軟さと強さが田中にはあった。そうでなければ捜査一課の係長として一隊を率いることなどできはしない。飯綱は改めて認識した。

「……分かりません。クローンに限っていえば、リスクだけが高く何のメリットもないように思います」

「臓器移植は？　臓器移植用のクローン人間を育てる施設を舞台にした映画を見たことがあるぞ」

意外なところから声が上がる。飯綱と同じく第四係主任を務める小田《おだ》だった。第四係に三人いる主任のなかで最先任の主任だ。小田の趣味が映画鑑賞だったことを飯綱は思い出した。桜井がその話に乗る。

「ああ、見た見た。同じ原作のやつが日本でもドラマになった。確かに商業として考えれば臓器移植はありうるだろうね。しかし今の日本ではリスクが大き過ぎる。クローン技術が使用されても母体から出産するんだから、生まれた子供は人権の主体としての『人』だよ。クローンには体細胞核を使う体細胞核クローンと受精卵を使う受精卵クローンがあるけど、どちらも母体に着床すれば通常の受精卵と同じなんだから。発生率や受胎率は違うらしいけどね。臓器移植のためにクローン胚から生まれた人間を利用するというのは、臓器移植のためにそこら辺で遊んでいる子供たちを利用するのと何ら変わりないんだよ」

クローン技術で生まれた人間も普通の人間だというのだ。飯綱は桜井を見直した。言われてみれば当たり前であるが、どことなく特別な生き物、不可解な生き物として考えていた自分に気付く。

「桜井、そう熱くなりなさんな。お前は何か思いつかないのかい」

「分からんね。マッドサイエンティストじゃないの」

おどけた桜井の言葉に笑いが起きる。しかし飯綱の脳裏に水野の美貌が思い浮かび、冷やりとした空気が背筋に流れる。「底が知れないところがある」と言ったのは尾形だったか。

「あの……」ふたたび庄野がか細い声を上げた。

「遺伝子編集かもしれません」

「何？」田中が邪険に言った。

「何のメリットも無いんじゃなかったの」

「それはクローンに限った話です」

「だったら紛らわしい言い方をしなさんな。話の要領が悪いな。遺伝子編集とは？」

「すみません。クローン胚の遺伝子を編集し、それが成功すれば企業の利益につながります」

「あなたの話は分かりにくい。桜井、説明してくれ」

田中は桜井に話を振った。桜井はまた考え込んでいる。

「庄野さん、それはクリスパーのことか」

「はい。クリスパー以前の遺伝子組換え技術を人クローン胚に使うことは現実的ではありません。いつ起こるともしれない突然変異に期待するわけですから」

「しかし、時期が合わないでしょうよ。ツェットがクローン技術規制法施行以前に生まれたのなら、平成十三年以前ということになる。しかしクリスパー・キャスナインが公表されたのは、それから十年以上あとでしょう」

桜井の言葉に庄野は頷いた。

「おっしゃる通りです。しかし、史上初のクリスパーの発見は平成九年です。あとはクリスパー内のスペーサーの機能さえ解明できれば、クリスパー技術の実用化は可能です」

「実用化は可能です、って言っちゃってるけど、そのスペーサーの解明に全世界の精鋭科学者たちが何年もかかってるんだから。それが実は十三年までに実用化されていたというの？」

「あくまで可能性ですが」

桜井は、やってられないというふうに大きく手を広げる。まるで相撲取りが柏手を打つようだ。

「桜井、説明しろ」田中が催促する。

「庄野職員は、ツェットがデザイナー・ベビーではないかと疑ってるんだ」

「デザイナー・ベビー？」

「そう。受精卵の段階で、遺伝子編集を受けた赤ん坊のことだよ」

桜井が面白くなさそうに言う。

「例えば警察のＤＮＡ型鑑定は、ＤＮＡの中で体を作る情報が含まれていない領域の塩基配列を利用している。この体を作る情報が含まれていない領域のことを非コード領域という。遺伝子編集は、逆に、体を作る情報が含まれているコード領域の塩基配列を調べ、その塩基配列を編集することで望みどおりの性質、形質を持った個体を実現しようとするものだ。クリスパーというのはその遺伝子編集を行なうための技術で、塩基配列を自由にカット・アンド・ペーストできるので『ＤＮＡのメス』とも呼ばれている。その代表的なものが『クリスパー・キャスナイン』。キャスナインというのはバクテリアから発見された遺伝子の名前で、塩基配列のカットにこの遺伝子を使うことから編集技術も『クリスパー・キャスナイン』と名付けられた。公共放送の特集番組で取り上げられたことがあるから、この中にも知ってる人がいるんじゃないか」

何人かの捜査員が頷く。

「受精卵の段階でクリスパーを使い、親にとって理想の子供を作る。それがデザイナー・ベビーだよ。これは絵空事ではなく、真剣に倫理面が議論されている問題なんだ」

桜井が田中から庄野に視線を移す。

「しかしクリスパー・キャスナインが発表されたのは平成二十四年なんだ。ツェットの年齢は知らないけど、十歳以下ということはないでしょう? だからツェットがデザイナー・ベビーということはありえない。それが私の結論。これに対し庄野職員は、クリスパー自体は平成九年に発見されているから、ツェットはデザイナー・ベビーの可能性があるという立場だね」

庄野はおどおどと頷いた。

「それで? デザイナー・ベビーは企業にとって金になるのか」

田中がもどかしそうに聞く。

「なる。大いになる。デザイナー・ベビーというより、デザイナー・ベビーを作る知識と技術がね。デザイナー・ベビーを作るには、ヒトゲノムにおけるコード領域の、どの部分の塩基配列が、どのような情報と機能を持っていて、それをどのように編集すればヒトの形質がどのように変わるのかということが分かっていないといけない。その知識と編集技術は莫大な利益をもたらすよ。難病治療の面でもそうだし、デザイナー・ベビーの面でもね」

「金になることは分かったが、クローン技術とは別物なんだろ」

「技術としてはまったく別物ですが、二つを組み合わせることは意味があります」庄野が口を挟む。

「クローンのゲノム編集を行ない、ドナーと比較することで、どのような変化があったかを実証的に研究できます」

「桜井、翻訳しろ」田中がふたたび催促する。

「ドナーというのは体細胞核の提供者。本件では山下だね。山下の体細胞核をもとにクローンを作るわけだけど、その際に体細胞核の遺伝子情報を編集する。そうして生まれたのがツェットだとする。で、山下とツェットのどこがどう違っているかを調べることで遺伝子編集がどのような効果を発揮したかを検証することができると、そういうことだよ。性格なんかは環境遺伝の要素が大きいから比較する意味はないだろうけど、器質的な身体的特徴なんかは意味があるかもね。僕は否定的だけど」

桜井が口を閉じると捜査会議は静寂に包まれた。頃合いとみたのか迫口がまとめる。

「捜査本部として把握しておくべき科学的知見は出尽くしたとみていいな。桜井と庄野職員には今後の捜査会議にも出席してもらう。鑑識課長と犯罪鑑識官には私から連絡しておく」

桜井と庄野が頷いた。桜井は嬉しそうににやにやしているのに対し、庄野は白州《しらす》に引き出された罪人のように消沈している。やはりＤＮＡ型一致の謎《なぞ》を解くまで帰ってくるなと言われているのだろう。

「クローンの話を山下にぶつけるかどうかだが」迫口が田中を見た。

「田中、ツェットがクローン人間であるとして、捜査にどのような影響があるか」

「先ほど話に出た、身上関係の洗い出しには当然影響するでしょう。ツェットとやらがクローン人間で山下の体細胞核を利用して生まれたとすれば、二人の間には当然、鑑があることになります」

手で顎をさすりながら田中が答えた。

「やはり鑑の内容にもよるでしょう。出生時のみならず今も山下とツェットが繋がっていたら、宮原宅の微物は山下とツェットどちらのものか特定できず、自白の補強証拠として使えないでしょうし、もっと言えば、二人が共犯であるとか、どちらかが事後従犯である可能性も検討しなければならない」

事後従犯とは事件が起きた後に事件のことを知り、犯人の逃走を手伝ったりする人間のことをいう。

「ツェットがホンボシで、山下が従犯という可能性か」

「あくまで可能性の話ですが」

田中が飯綱を見る。身代わり犯説を強く唱えていたのは飯綱だ。迫口も飯綱を見た。他の捜査員の視線も自分に集中していることを飯綱は意識した。迫口が口を開く。

「飯綱。山下の取調べを任せる。庄野の話をぶつけろ。組み立てはお前に任せる」

「分かりました」

「いつやる」

これまでの取調べ記録に目を通すとともに、山下の身上をもう一度確認しておきたい。

「七時からやります」

「六時から始めろ。鑑の有無だけでも早く知りたい」

「管理官、飯綱をこの本部で使うとなると、神田署の事件扱いはどうしましょう」

「飯綱、神田署に帳場《ちょうば》が立つ予定はないな」

「はい。神田署の鈴木課長からは私に任せると言われています。略取罪になるのか逮捕監禁に止まるのか分からないことも影響していると思います」

「ならば第四係で引き取る。形式は一課長と詰めるが、高尾署、神田署との共同の形になるだろう。機動性を考えて捜査本部は警視庁に移す」

「捜査本部を移しますか」田中が驚いた。

「勾留延長満期まで三日ですが」

「そんなことは分かっとる。しかし宮原殺しはツェットが見つかるまで終わらん。満期までにツェットを見つけ宮原殺しのホンボシを挙げる。そのための移動だ。もともと部長指揮の本部だ、揉めはせん。西川課長、どうだ」

「は、問題ありません！」

高尾警察署刑事組対課の西川課長が答える。

捜査本部には形式上、警視庁刑事部長が指揮する部長指揮の共同捜査本部と特別捜査本部、所轄警察署の署長が指揮する署長指揮の捜査本部があり、いずれにするかは事件の社会への影響を考えて警視総監が決める。組織の総力を挙げて強力な捜査を展開する必要があるときは、警視総監が捜査本部長に就くこともある。署長指揮の捜査本部費用は所轄警察署の負担になるのに対し、部長指揮の捜査本部は警視庁の負担となり、特別捜査本部となれば警察庁から国費も投入される。宮原の殺人事件は部長指揮の特別捜査本部だった。

「山下の身柄を警視庁に移せ。俺は検察官に会いに行く」

「分かりました。樫木《かしわぎ》、飯綱に、こいつが本部から外れた一昨日から今日までの取調べ状況を教えてやれ。捜査会議の内容もな。飯綱は山下の取調べに備えろ。他の者はツェットの身上関係の洗い出しを最優先として捜査にあたる。各員の割り当てはこれから行なう。質問はないか？　ないならば解散、いいか間違えるなよ、次の会議はホンブでやるぞ」

　捜査員から了解の声が上がった。そのまま解散と思いきや田中に名を呼ばれる。

「飯綱、次の会議までに結果を出せ。黙秘を破れ」

2

　担当捜査の割り当てを受けるため、捜査員が田中の周りに集まる。隣に座っていた桜井は庄野の席へと向かった。そんな捜査員の流れに逆らい、第四係主任の一人である樫木が近付いてくる。

「スタンドプレーは流行《はや》らないぞ」開口一番、樫木が不機嫌に言う。

「冗談でしょう。私は管理官に逆らって捜査本部を外された人間ですよ」

「それも含めてスタンドプレーって言ってるんだ。現場の人間は管理官に逆らったりせず、割り振られた捜査を淡々とやればいい」

　痛いところを突かれた。

「おまけに同じＤＮＡ型を持つ人間だと。何をやってたんだ、飯綱」

「さっき説明した通りです。捜査本部を外され、神田署の交通事故の捜査に回されたんですよ。その被害者が山下と一緒のＤＮＡ型を持つなんて、今の今まで知りませんでした」

「だから何で捜査一課の主任が、所轄の、それも交通事故の捜査をやってるんだ。その巡査の仕事だろう。何か思惑があってしゃしゃり出たんじゃないのか」

驚いた。他の捜査員からはそのように見えているのか。これはきちんと説明しておかねばならない。

「いいですか、樫木さん。私だってそんな捜査に回されたくありませんでしたよ、尾形巡査には申し訳ないけどね。しかし管理官直々の命令で、抗議しても無駄でした。それで仕方なく、樫木さんの言うように割り振られた捜査を淡々とやったんです」

「管理官が？　管理官が、お前を神田署の捜査に回したのか」

「そうです。他の係員にも言っておいてください。スタンドプレーと思われては、こっちのほうこそいい迷惑です」

後ろに座る尾形が「うちの捜査、よほど不満だったんですね」と呟く。

「そうか、管理官が……」

想像以上に樫木は驚いていた。

「あの人はそんな横紙破りのようなことは嫌う人だと思っていたが」

「それで、この三日間、取調べはどんな様子だったんですか」

「変わらずだ。黙秘。一言も喋らない」

「雑談には応じていますか」

「いや、まったく応じない。何を話しかけてもだんまりだ。取調官の池永《いけなが》もかなり参ってる」

逮捕期間を含めると、二十日間にわたって黙秘を貫いているということだ。毎日四畳ほどの密室の中で取調べのあいだ一言も発しないのは、取調官以上に本人にとって相当の苦痛のはずだ。

「弁護人のアドバイスですかね」

「いや、山下は国選弁護人が付く前から黙秘を始めている。本人の意思によるものと考えたほうが自然だろう」

山下の弁護人は裁判所が選任した国選弁護人だ。国選弁護人は、逮捕から七十二時間以内に採られる勾留の手続が終わった後でしか選任されない。山下が黙秘を始めたのは逮捕直後からだ。

「池永さんはどんな調べを」

「ここだけの話だがな、昔ながらの取調べだ。被害者に申し訳ないと思わないのかとか、両親が草葉の陰で泣いてるぞとかな。時には大声も出しているようだ」

「まだそんなことをやってるんですか。ロクロクしてるんでしょう。問題になりませんか」

　ロクロクとは取調べの録音録画のことである。

「弁護人からは馬鹿にされてるよ。この前、山下を房に戻しに行った時、弁護人が留置管理課で接見待ちをしていたそうだ。半笑いで、お疲れさま、と言われたとよ。池永はいきりたったそうだが、同行していた捜査員が宥《なだ》めた。小田さんには悪いが、はっきり言って取調官としての池永は一課のレベルじゃない」

　思わず辺りを見渡した。捜査員の多くはまだ田中の周りだった。それにしても樫木は思い切ったことを口にする。池永は捜査一課で最古参の部類に入る巡査部長であり、最先任主任の小田の部下である。樫木には捜査官として軋轢《あつれき》を恐れないだけの自信があるのだ。そして実際に樫木は優秀な捜査官だった。係長への昇進は小田を抜くだろうと口さがない課員たちは囁《ささや》き合っていた。

「話すべきことは話したから黙っている、ということはないですかね」

「それが真相だろう。俺たちはガセを掴まされたんだ」樫木が強い口調で言った。

「そんな顔で見るな。山下が身代わりじゃないかと疑っていたのは、お前だけじゃない。俺も、係長も、おそらく管理官すらも疑っちゃいたんだ。しかし山下の自白がある以上、それを前提に動かざるをえない。真犯人じゃないなら自白はどこかで破綻するはずだ。ところが、ＤＮＡが出てきた。私が犯人です、という人間がいて、その人間のＤＮＡが犯行現場から出てきたんだ。逮捕するなというほうが無理だ。おまけに池永が無知の暴露のネタをばらした。あれが痛かった。捜査本部が間違っていたと言うなら、分岐点はあそこだ」

不満がたまっていたのか、樫木は早口で捲《まく》し立てた。

――樫木も自分と同じことを考えていたか。しかし樫木には、それを管理官に向かって口にしないだけの分別があった。

頬が熱くなりそうであった。一方で反感も覚えた。

――しかし、それは分別か。捜査方針に疑念があるならば上申し、疑念を明らかにすべきが主任の役目ではないか。

「満期は明後日だが、最終日は決裁と地検との協議でほとんど使えない。捜査に充てられるのは実質的には明日までだ。どう取り調べる、山下を」

「まだ決めていません。夕方まで鑑取りの結果を待って決めます」

樫木は頷き、二日間の捜査本部の動きを飯綱に伝えると、ひな壇周りの人込みへと去っていった。

「主任、大変なことになりましたね」

馬場が後ろから声を掛けてくる。飯綱は体ごと向き直った。尾形と馬場、石井、津和が座っている。

「俺は山下がツェットを庇っていると考えている。任意の取調べで自白したにもかかわらず、逮捕後に黙秘に変わったのも余計なことを喋ってボロを出さないようにするためだ。俺たち警察は、一度逮捕すると余程《よほど》のことがないかぎり、逮捕した奴を犯人として起訴するからな。そういう俺たちの習性を山下は利用したのさ。しかしそうすると重要な問題が二つ出てくる。まず一つ目は、誰が山下に身代わりを唆《そその》かしたのかということだ」

「ツェット本人じゃないんですか」馬場が答える。

「いや、それは考え難い。なぜなら、ツェットは交通事故に遭うまでサクラ・ウェルネスの管理下にいたと考えられるからだ。ツェットがサクラ・ウェルネスの管理から逃れるために車を飛び出したのなら、自由に山下に接触できる状況にあったとは思えない。山下の身代わりがツェットの意思に沿うものであったとしても、それを中継した人間がいたはずだ。そいつはサクラ・ウェルネスの人間か、その関係者しか考えられない」

「竹内か水野のどちらか、あるいは両方ですね」津和が言った。

「そうだ。二人を調べる際にはその点に留意する必要がある」

「もう一つは？」馬場が聞く。

「ツェットが宮原殺しのホンボシかどうかだ。山下が宮原殺しの犯人をツェットだと思って出頭してきたとしても、だからといってツェットが真犯人とは限らん。間にサクラ・ウェルネスの人間が入っているとすれば尚更だ」

その時、飯綱のスラックスのポケットで携帯電話が振動を始めた。飯綱は携帯電話を取り出しながら続ける。

「だから本当に重要なのは山下が身代わりかどうかではない。誰が山下に身代わりを唆したかだ。そいつが真犯人か、真犯人を知っている人間ということになる。分かったな、竹内と水野が宮原殺しのキーマンになる」

電話に出る。相手の電話番号は非通知だった。

「飯綱です」

「サクラ・ウェルネス八ヶ岳研究所の竹内です」

相手は竹内だった。

「お電話を頂いていたようで」

3

「ああ、ちょっとお待ちください。場所を変えますので」

送話口を塞いだままゆっくりと立ち上がり、捜査員の間をぬって田中の席に近づいた。小声で「竹内より入電」と告げ、携帯電話をゆっくりと田中の前の長机に置き、ハンズフリーボタンを押した。

「すみません、竹内所長。ちょっと騒がしいところにいたもので」

「いえいえ。それよりどのようなご用件でしょう」

竹内の声は落ち着いていた。しかし「どのようなご用件」とは恐れ入る。昨夜警視庁が四谷研究所に家宅捜索に入ったことを、施設の責任者である竹内が知らないはずがない。そう思い、強い口調で飯綱は言った。

「昨夜、四谷研究所から保護させていただいた人物の件です」

「四谷研究所？　あそこがどうかしましたか。保護？」

「何も聞いていませんか」

「要領を得ませんな。何をおっしゃってるんですか。はっきり言っていただきたい」

飯綱は田中と顔を見合わせた。周りの捜査員は固唾《かたず》をのんで見守っている。とぼけているのか、それとも本当に昨夜のことを知らないのか。判断がつきかねた。

田中が手元の紙にペンを走らせる。「居場所」とあった。

「竹内所長、今、どちらにいらっしゃいますか。直接お会いしてお話ししたいのですが」

「清里の研究所に車を走らせているところですよ。きのう今日と休みで東京にいましてね。職場に戻るところです」

「八ヶ岳研究所に捜査員を派遣しますので、お会いいただけますか」

「それはどうでしょう。私は明日から海外に出張する予定です。清里で準備を整えたら、そのまま名古屋の国際空港に向かいます。一週間ほどで帰国しますので、その後にしていただけませんか」

田中が首を振った。もとより飯綱も竹内の出国を認めるつもりはない。

「竹内所長、海外出張は延期してください」

少し間をおいて、機嫌を損ねたような声が返ってきた。

「何を言う。はいそうですか、と言えるような軽い用事で私が出張するとでも思っているのかね。だいたいどういうつもりだ、用件も言わんで」

丁寧な口調が影を潜め、高飛車に言い放った。田中を見ると、その口が「聞け」の形に動いた。

「昨夜、警視庁がそちらの四谷研究所を家宅捜索し、少年を保護しました」

また間が空く。

「どういうことです。保護とおっしゃったようだが」

言葉遣いが元に戻っていた。

「今申しあげた通りです。貴社所有車に乗っていて交通事故に遭った男の行方を我々は捜していました。そして四谷研究所に監禁されていると疑うに足る事情が認められたため、令状を得て家宅捜索を行なった結果、彼を発見して保護しました。ところがその男、というよりも少年には意識がなく、身元が分からない。研究所に居合わせた水野さんに聞いたところ、あなたが四谷研究所で彼を治療したと教えてくれました。そこであなたから事情を訊きたいのです」

これまでで一番長い間が空いた。

「どうも誤解があるようだ。私はそんな少年は知らない。だいたい四谷研究所は今年には閉鎖する予定で、今は常勤の研究員もいない。確かに私が所長だが、年初に顔を出したただけであとは水野くんに任せていた。あそこを主に使っているのは水野くんですよ」

ひと呼吸いれ、竹内は更に続ける。だんだん興奮してきたようだ。早口になり声が高くなる。

「水野くんが、私が治療したと言ったのですか。信じられん、何を考えているんだ。だいたい家宅捜索の報告も受けておらんぞ。何をやってるんだ」

「竹内所長、落ち着いてください。細かなことは会ってお訊きします。海外出張は取り止めていただけますね」

「……検討させてもらおう。だが今回の出張は重要なんだ。それによく考えてみると、水野くんの話でも私は意識不明の患者を治療しただけだ。それが犯罪になるのかね、そんなわけはない。それに警察に保護されているのなら身元確認を急ぐ必要もないだろう。いや、確かに重要なことではあるが、私が海外出張を延期しなければならない理由になるとは思えない。私よりも水野くんに話を聞いたらどうだね」

「もちろん水野さんからもお話を伺います。とにかく誰か人を行かせますので会ってください。よろしいですね」

「検討すると言ってるだろう。顧問弁護士にも相談する」

弁護士に相談されると厄介だ。説得を試みる。

「竹内所長、何も容疑者として話を聞こうというのではありません。参考までに話を聞きたいだけです。弁護士に相談するような話ではありません」

「何を言っている、会社の施設に家宅捜索が入ったんだ。わが社としても弁護士に相談するのは当然だろう。まさか弁護士に相談してはいけないと言うのではないだろうね」

内心舌打ちをした。ここで「その通りです、弁護士に相談してはいけません」とでも言おうものなら問題になる。田中が首を振っていた。無理をするな、という意味だろう。

「もちろん、そんなことは言いませんよ。とにかく人を遣りますのでよろしくお願いします。水野さんの話が出ましたが、水野さんには連絡が取れますか」

「研究所に言えば連絡が取れるはずだ」

「竹内所長と同様、折り返しの連絡をお願いしたのですが、まだ連絡がありません」

「そうか、それなら私も確認してみよう。私としても放っておけない話であるし」

「お願いします。ただ、水野さんを問い詰めたり、あるいは今回の件について話し合うようなことは避けてください。少なくとも捜査員が行くまでは」

「分かっている。口裏合わせと非難されてはかなわんからな。水野の予定だけ確認して連絡しよう。それでいいですな」

竹内が電話を切った。田中の机を囲んでいた捜査員から、止めていた息を吐き出すような微かなため息が漏れた。実際に息を止めていた者もいるかもしれない。

「とぼけているのか、どうか」

田中が独り言のように言った。

「電話の様子だと、本当に知らないようにも思えましたが」

取り囲んでいた捜査員の中から声が上がる。

「電話の声の調子なんてのはあてにならん。知り合いならばともかく、初めて声を聴く相手だからな」

別の声が答える。飯綱もその通りだと思った。よほど親しい相手であっても、声の調子だけで嘘をついているかどうかを見破るのは難しい。

「しかし、竹内か水野、どちらかが嘘をついていることははっきりしています」

捜査員の輪に加わっていた尾形が言う。

「二人を逮捕監禁の疑いで引っ張れませんかね」

小田が思案顔で田中に言った。

「難しいな。ツェットが四谷研究所にいた件で逮捕監禁が成立するかは疑わしい。治療行為が行なわれていたわけだからな。竹内が言ったように、治療目的の正当行為だったとすれば違法性がない」

机上の携帯電話を見つめながら田中が答える。

「いずれにせよ、清里には人を遣らねばならん。石井と高森《たかもり》、清里へ向かえ」

「田中、二班出せ」迫口が指示する。

田中は迫口を見て頷いた。

「津和と菊池《きくち》もだ。いいか、二人一台で行くんだ、間違っても四人一台じゃないぜ。家族のピクニックじゃないんだ。場合によっては向こうで別行動をとってもらうこともあるからな」

「四人が到着するまで、八ヶ岳研究所を張りましょう」

小田がふたたび田中に進言する。今度は田中も頷いた。

「捜査共助を通じて山梨県警に応援を要請する。行け」

田中の命令に従い石井たち四人が講堂を出て行く。田中は残った捜査員にも捜査を割り振り、それをデスク係が白板に貼り付けた配置表に書き留める。田中の周りを囲んでいた捜査員は一人また一人と減っていった。

田中は、小田と樫木の両主任にそれぞれサクラ発酵本社とサクラ・ウェルネス本社への聞き込みを割り振った。竹内と水野の身上の洗い出しのためである。企業相手で、しかも竹内や水野と事件との関わりを明らかにできない難しい聞き込みになるが、二人ならば上手くやるだろう。田中の采配に感心しながら飯綱は見守った。

割り振りがあらかた終わり、田中の周りには飯綱と尾形、馬場が残るだけとなったところ、机に置かれたままになっていた飯綱の携帯電話が震え始めた。飯綱がハンズフリーのボタンを押すと、竹内の困惑したような声が流れ出る。

「竹内だが……」

「どうぞ」

「いささか困ったことになった。水野に連絡が取れない」

「いつからですか」

「事務局によると、昨日、四谷研究所へ出張すると電話があったきり連絡が取れないそうだ」

竹内は躊躇《ためら》うように言葉を続けた。

「四谷研究所に家宅捜索があったことは事務局も把握していなかった。弊社本社もだ。警備員は、水野から自分が本社に連絡するので報告は不要と言われたそうだ」

「しかし水野さんからの報告は一切なく、今も連絡が取れないと、そういうことですか」

「そうだ」

竹内はこれまでになく弱気な声を出した。時機とみて飯綱は強く出ることにした。

「いいですか、竹内さん。おたくの研究所に意識不明、身元不明の少年が担ぎ込まれ、おたくの研究員が看病し、そして警察に嘘をついて姿を消した。我々としては、あなたがたがワケあって少年の身元を隠そうとしていると考えざるをえない」

「決してそんなわけではない」

「水野さんの自宅住所と携帯電話番号を教えてください」

「本人の同意が……」

「今、本人の同意がとれる状況ですか」

「いや、それは」

「本社に照会をかけてもいいんですよ。いずれにせよ我々は情報を入手します。お互い時間を節約しませんか」

いかにも苦渋に満ちたといった様子で竹内は水野の住所と携帯電話番号を飯綱に告げた。水野の自宅は八ヶ岳研究所の近くにあった。竹内によると、賄《まかな》い付きのサクラ・ウェルネスの社宅だという。管理人をうまく説得できれば水野の部屋を見ることができるかもしれず好都合だった。

携帯電話は会社支給のものではなく、水野個人が契約したものであるという。どこの通信会社のものか尋ねた。

「さあ、通信会社までは分からんよ」

「水野さんの携帯電話のメールアドレスはご存知でしょう。あなたは直属の上司だ。そのメールアドレスのドメインを見ればすぐに分かります」

竹内はドメインを教えた。三大通信会社の一つだった。

「竹内所長のご住所と携帯電話番号もお願いします」

竹内は一瞬言い淀んだもののすぐに教えた。「本社に照会してもいい」という言葉の効果か、あるいは本人の同意なく水野のそれを教えた引け目からかもしれない。

「今、捜査員が八ヶ岳研究所に向かっています。必ず会ってください」

強い口調のまま言い、通話終了のボタンを押した。電話が切れたのを確認し、田中がデスク係に大声で指示する。

「今の通話内容を石井と津和に連絡。研究所は津和班に任せ、石井と高森を水野の自宅に向かわせて。あと山梨県警に連絡して水野の住所を監視してもらうんだ」

馬場が飯綱に話しかけた。

「困惑しているようでしたね。水野が絵を描いていると考えていいのでしょうか」

「竹内の言うことをあまり信用するな。さっき会議で言った通り、俺の聞き込みに竹内は嘘をついた。ツェットについて竹内がまったく関与していないとは思えない」

田中が飯綱たちに向く。捜査分担の仕上げだ。

「馬場、竹内と水野の携帯を洗え。通信会社に協力を要請して二人の位置情報を洗うんだ。尾形巡査は神田署に上がって鈴木課長に状況を報告してくれ。追って迫口管理官から連絡がいくが、駿河台中央総合病院における傷害、建造物等侵入は本件捜査本部と共同となる。ホンブでの初回の捜査会議には課長にも出席してもらいたいと伝えて欲しい。飯綱、お前はどうする」

「本庁で取調べに備えます」

田中は頷き、厳しい声で言った。

「竹内か、水野か、それともやはり山下か。決着を付けよう」

謀略自白

第六章

1

警視庁本庁舎六階にある取調室。飯綱の前に、留置管理課から山下が引致されてきた。その顔には勾留の疲れが色濃く出ている。官給品の灰色のスエットの上下を着ていた。山下は天涯孤独の身であり、衣類を差し入れる者がいないとみえる。スチール机を挟んで飯綱の向かいに着席した。取調官の交代に気付いただろうが表情に変化はない。手を膝の上に置き、机の上の一点を見つめている。今日も黙秘の意思を固めているのだろう。

手錠が外されたのを確認してから、飯綱は話し始めた。

「この取調べはあなたが入室してきた時から録音録画されている。録音録画することで不都合があるようなら申し出てもらいたい。その場合は録音録画を停止することがある」

話し始めるが山下は顔も上げない。

「あなたには供述拒否権がある。話したくないことは話さなくてよい」

やはり反応がない。頷くこともせず、ただスチール机の一点を見つめている。

決まり文句を告げたあとは飯綱も何も喋らず、じっと山下を見つめた。互いに無言のまま、三分が過ぎ、五分が過ぎた。

十分が過ぎようかというとき、飯綱はジャケットの内側から一枚の写真を取り出しスチール机の上に滑らせた。病院搬送時に撮影されたツェットの写真だった。

反応があった。山下の体が強張《こわば》り、目が見開かれる。当たりだ。

「彼を知っているな」

答えない。だがその視線は写真に釘付けになっていた。

「水野は彼のことを『ツェット』と呼んでいた」

まだ固まったままだ。

「交通事故で意識を失い、サクラ・ウェルネスの四谷研究所で治療を受けていたが、警察によって病院に保護された」

目だけをさっと動かして飯綱を見、すぐに視線を写真に戻した。

「しかし、昨夜、病院から連れ去られた」

今度はゆっくりと顔を上げてしっかりと飯綱を見た。

「計画のうちか？　違うだろう」

また机上の写真を見つめる。

「あんたがたの計画では、今ごろツェットは清里の研究所に戻っていたはずだ」

山下の表情は動かない。

「あんたが身代わりとして出頭し、ツェットは大人しく清里に戻るはずだった。しかし、ツェットは自ら車を飛び出し、対向車にぶつかった」

飯綱は意識してゆっくりとした口調で続ける。

「ツェットを病院から誘拐した犯人は三名だった。わずか数分で、総合病院の七階から寝たきりのツェットを連れ出した。警察官の中には、軍事訓練を受けたチームではないかと言う人間もいる」

表情はまだ変わらない。

「どこかの誰かがツェットの身柄を欲しがっているんだ。その誰かは、軍事訓練を受けた人間たちを動かすことができる人間だ。水野も姿を消した。ツェットが病院から連れ去られた日に。水野はツェットを手土産に、その誰かのもとに逃亡するつもりじゃないのか」

写真を見つめる山下の眉が、ピクリと跳ねた。飯綱は机に両手をつき、正面から山下を見据える。そして一段と低い声で言った。

「話したほうがいい。ツェットがオモチャにされてもいいのか。このままだと何処《どこ》かに連れ去られるぞ。海外かもしれん。日本のほうがよほど安全だ。日本人として生きていけるからな」

顔を上げ、問いかけるような目で飯綱を見る。

「母体から出産されている以上、日本の法律ではツェットは人間だ。民法上も刑法上も、あらゆる法律上でな。人間以上でも、人間以下でもない。ただの人間だ。たとえクローン技術で生まれた人間だろうと」

山下の目が上下左右とせわしなく動く。何かを考えている。飯綱は構わず続けた。

「母親が日本人だからツェットには日本国籍が与えられる。産んだのは宮原さんだろう？」

わずかに顎を引いた。頷いたというにはほど遠い。だがもうすぐだ。

「ツェットにはおそらく戸籍がないんじゃないのか？　警察が保護すれば戸籍を作るチャンスもある。もし仮にツェットが罪を犯していて、少年院や刑務所に収容されることになったら無戸籍のままというわけにはいかない。検察や法務省が何とかするだろう。ツェットにとっては警察に保護されるのが一番いい」

「保護？　保護しておいて誘拐されたんでしょう」

書記係として後ろに座る馬場の身じろぎする気配が飯綱に伝わってきた。山下が言葉を発したことに驚いたのだろう。

——被疑者が喋ったからといって驚くやつがあるか！

心の中で馬場を罵《のの し》った。驚きの気配を感じ取り再び口を閉ざしたらどうするつもりだ。

取調べは、精神的な間合いをめぐる取調官と被疑者の駆け引きだ。通常は取調官が圧倒的優位にあるため、取調官が被疑者の間合いに入ることは容易で、情報を引き出したり調書に署名させたりすることも簡単だ。自白事件や、否認事件であっても証拠が多く残されており情報量の豊富な事件がこの類型に入る。

難しいのは否認事件や黙秘事件で証拠が少なく情報量の乏しい場合だ。このような場合、不慣れな取調官は情に訴えたり、恫喝《どうかつ》したり、場合によっては暴行したりして間合いを詰めようとする。だがそれはまったくの逆効果であることがほとんどで、結果、虚偽自白など誤った情報を掴まされることになる。過去の冤罪《えんざい》事件の多くがこのパターンだ。これに対し優れた取調官は、心理学用語でラポールと呼ばれる信頼関係を被疑者と築くことに傾注したり、黙秘理由の分析を試みたり、あるいは周辺情報から組み立てた仮説を当てたりすることで間合いを詰めようとする。

取調べは高度な専門技術であり、優れた捜査官の素質と優れた取調官の素質は異なるといわれる。しかし飯綱は取調べにおいてもスジ読みが重要だと考えていた。そして読んだスジに拘《こだわ》らないことも。スジ読みはしょせん仮説を立てる作業である。仮説は検討され、反論され、修正されなければならない。反論も修正もされない仮説は誤った仮説だ。なぜなら人間は誤ることなく過去の事実に辿《たど》りつくことはできない。

だからこそ、仮説を当てる取調べは被疑者との呼吸が大事だ。一歩間違えれば誤導になりかねない。引くべき時に引き、押すべき時に押し、被疑者との駆け引きの中で仮説の誤りを見つけ、修正し、修正した仮説をまた被疑者に当て、それを繰り返すことによって少しずつスジ読みを真実へと近付けていく。それが飯綱にとっての取調べだ。そんな飯綱にとっては補助者の身じろぎ一つも夾雑物《きょうざつ》であり、排除すべきものだった。

案の定、馬場の驚きの気配を感じたのか山下が口を閉ざす。

その唇を飯綱は見つめた。喋れ。何でもいいから、喋れ。口を開けろ。

思いは通じた。

「ご存知なんですか」

山下が問う。飯綱は間をあけずに答えた。

「ツェットくんのことか」

「ええ」

こころの中で大きく息を吐き出した。山下がツェットを知っていることを認めた。半日の捜査では鑑の有無は明らかになっていなかった。両者に鑑はあった。それが判明しただけでも捜査本部にとって大きな前進といえる。たとえそれが望ましくない事態であったとしても。

「ツェットくんに会ったことがあるか、という意味であれば、会ったことはある。サクラ・ウェルネスの四谷研究所にいた彼を病院に保護したのは私だ」

「あなたが捜査を担当したのですか」

山下を見つめながら首を縦に振る。

「そうですか、あなたが」

納得したように山下は一つ頷いた。

「私の質問が、会ったかどうかという意味ではないとすれば」

「生物学的にどうか、ということだろう。彼はあなたの細胞核を利用したクローン技術で生まれたんじゃないか」

山下は答えない。だがその無言はこれまでの無言とは異なるものであった。垣根を一つ越え、間合いを詰めた。しかし、まだ全ての垣根を越えたわけではない。飯綱は気を引き締めた。

「宮原さんが代理母だったのだろうと考えている。未受精卵の提供者は分からないが、着床率を少しでも高めようとしただろうから、提供者も宮原さんじゃないか。違うなら教えて欲しい」

「なぜ彼がクローンだと考えたんですか」

飯綱の問いに答えず、山下は別の質問をした。回答を避けたようにみえる。

――追及すべきか。

すぐにその思いを振り払う。今は意思疎通の確立を優先するべきだ。山下は黙秘の殻からちょっと頭を出したにすぎず、糾問的な態度を見せればたちまち頭を引っ込めるだろう。少しおしゃべりに付き合ってやる。

「DNA型だ。十五座位において君とツェットくんの型が完全に一致した。受け売りになるが、十五座位すべてで同じ型が出現する確率は四兆七千億分の一だそうだ。同じ時代に出現するという時間的な偏り、同じ地域に出現するという場所的な偏りを考慮すれば、一卵性双生児でない限り現実的には起こりえないという。ただひとつ、クローンを除いて」

「ツェットのDNAはどこで手に入れました」

「病院だよ。搬送した病院で検査のために採取された血液を鑑定し、警察庁のDNAデータベースで照合した」

「そこで私のDNA型と一致したんですね」

「そうだ。データベースを管理する警察庁は大騒ぎになった。完全に一致する人間が二人いるとすればDNA型による個人識別は破たんする。それだけでなく、DNA型鑑定を証拠に有罪となった者が無実だった可能性も出てくる。DNA型鑑定による冤罪の可能性だ。警察庁は真っ青だ」

軽く笑って見せた。つられたのか、山下も唇を歪《ゆが》める。笑ったようだ。それを見て飯綱は思った。押すべきときだ。

「あなたとツェットの関係についてもっと聞きたいが、その前に確認したいことがある。ツェットの髪の毛や皮膚片が、宮原さんの家に残されていることをあなたに教えた人間は誰だ」

山下が笑みを消す。両手を机の上に出し、揉み合わせ始めた。

今の質問に答えるためには、二つの事実を認める必要がある。一つは、宮原宅の微物が山下のものではなく、ツェットのものであるという事実。もう一つは、山下がツェットを庇って出頭してきた事実だ。

──頭のいい山下のことだ、気付いているだろう。

飯綱は待った。しかし山下は何も答えない。また無言の殻に閉じこもるつもりか。じりじりとした焦燥を感じる。

やがて山下が揉んでいた手を組み合わせ、その手を見つめたまま、ぼそりと言った。

「水野です」

顔を上げ、改めてはっきりと言う。

「水野が私に、宮原さんの家でツェットが彼女を殺したと言ったんです」

「それで、あなたに身代わりになれと」

「はい」

山下は身代わりだ。やはりと思い衝撃と安堵《あんど》が同時に訪れる。だが冷静を装い飯綱は質問を続けた。

「話を聞いたのはいつのことだ」

「警察に行く一週間ほど前です」

「なぜ水野はあなたに身代わりを唆した」

「水野がツェットの生みの親だからです。出産という意味ではありません。私の体細胞核を使ってツェットを宮原に産ませたのが、水野なのです」

山下の顔に嫌悪の表情が浮かんでいた。

2

上半身を背もたれに預けた。ここからは山下の時間だ。正しく水を向けてやれば、進んで話すだろう。

「あなたとツェット、水野の関係を教えてもらいたい」

「水野のことは、どれくらいご存知です」

「履歴書を書ける程度かな。生年月日と住所、本籍地、学歴と職歴。学歴は信じがたいほど優秀だ」

櫟木の報告を思い出しながら飯綱は答えた。

「彼女は天才でした。中学生のときに父親の仕事の関係でアメリカ合衆国に渡り、そのまま向こうの高校を卒業してハーバード大学に入学。大学当局から学費と生活費を賄える奨学金の提示を受けたと聞いています。ハーバード大学で生物学を学び、飛び級で卒業したあと、今度はサクラ発酵の奨学金でスタンフォード大学大学院に進学し、分子生物学を研究。大学院を卒業したのちに帰国して、彼女のためにサクラ発酵が用意した研究所で主席研究員になりました」

山下の話す水野の学歴は、樫木からの報告と一致している。

「それがサクラ・ウェルネスの八ヶ岳研究所だな」

飯綱の言葉に山下が微笑んだ。

「そうとも言えますし、そうでないとも言えます。サクラ・ウェルネス自体が水野を迎えるために設立された会社なんです。サクラ・ウェルネスには二つの研究所がありますが、いずれも水野の研究のためにサクラ発酵が用意した施設です」

商社マンらしく山下の語りは滑らかだった。大きくもなく小さくもなく、取調室の大きさにあった声量で話し続ける。

「水野はサクラ・ウェルネスに入ってからも遺伝子組換えの研究を続けました。まず従来の三分の二の期間で収穫できる穀物の作成に成功し、次に歩留《ぶど》まりがよく肉量が二倍の畜牛を作成し、いずれもサクラ発酵のシェア拡大に貢献したそうです。これは公にはマイクロインジェクション法という従来技術を使ったことになっていますが、業界ではある噂《うわさ》が流れました」

山下が唇をなめた。久しぶりに喋って喉が渇いたのだろう。しかしここで水を飲ませるわけにはいかない。「被疑者は水とともに言葉を飲み込む」先輩取調官の教えだ。

「サクラ発酵が新しいゲノム編集技術を開発したのではないか、という噂です。従来のゲノム編集技術は、基本的には世代交代を繰り返すなかで突然変異に期待するという原始的な方法です。そんな方法では短期間に立て続けにゲノム編集に成功するとは考え難い。しかもサクラ発酵は遺伝子組換え食品分野では後発組です。このためサクラ発酵がまったく新しいゲノム編集技術を開発したのではないかと噂されました」

「それがあなたにどう繋がるんだ」

「サクラ発酵の遺伝子組換え食品の海外流通を担ったのが、リョーユーショクです」

山下が勤めていた会社だ。

「今から十八年前、私はジーン食品部門という部署に配属されました。そこは遺伝子組換え食品を扱う部門で、私はサクラ発酵の担当者と一緒に、サクラ発酵が海外で販売する遺伝子組換え食品の安全性を検証する業務を担当しました」

サクラ発酵とリョーユーショクは、戦前に同じ財閥から生まれた会社だ。今でこそ資本関係はないが、他の財閥系企業と同様、旧財閥のグループ枠内で強固な取引関係を築いているらしい。

「そこでの安全性検証は、あくまで自分たち内部での基準に従ったものです。基準に合格した作物や家畜を、両社は遺伝子組換えと表示せずに流通させせました」

「それが遺伝子組換え食品の偽装表示事件につながるわけか」

「ええ。しかし私はあの事件には関わっていません」

　十二年前、原材料穀物の遺伝子組換えを表示することなく食品を流通させたとして、サクラ発酵は景品表示法、不正競争防止法違反で検挙された。サクラ発酵から逮捕者が出たが、リョーユーショクやサクラ・ウェルネスからは出ていない。しかし山下がまったくのシロというわけではないだろう。山下のリョーユーショクにおける異例の出世には、サクラ発酵との灰色の関係があったとみるのが正しいようだ。

「ある日、私はサクラ発酵の担当者から水野を紹介されました」

　下を向き言いにくそうに言葉を継ぐ。

「ひと目見て彼女を気に入り、担当者にお願いして食事の席を設けてもらいました。その後、交際するようになり、付き合いが二年を過ぎるころには私は結婚を考え始めましたが、結婚の話題になると彼女は消極的でした」

　下を向いたまま、山下は机に両肘《りょうひじ》を突くと両手で額を支えた。飯綱からは顔の上半分が隠され、表情が見えにくくなった。

「理由が分かったのは彼女の二十八歳の誕生日のときです。彼女から、子供を産めない体だと告白されたのです。水野は泣いていましたが、私も劣らず悲嘆に暮れました。

身寄りのない私にとって家族を持つことは人生の重要な目標でした。そして私の思い描く家族像に子供は欠かせません」

馬場がキーボードを叩く音が聞こえる。カチャカチャという音は耳障りだが、止めさせるわけにもいかない。ブラインドタッチはお手のもの、逐語入力もできる馬場を補助者に指名したのは田中係長だった。山下の供述を一刻でも早く書面化するためだ。

「水野を愛しており別れることは考えられませんでした。一方で子供のいない家庭で過ごす自分の姿を想像することもできません。養子を貰うことも考えましたが自分の子供が欲しかった。自分の血を受け継いだ、私のこども。私がこの世に存在し、後世へと血を繋いだ証である私のこども」

ひとり呻くように言う山下を冷めた目で見る。自己陶酔に浸ったまま山下は続けた。

「そんな私を見て水野は何かを決心したようです。次に会ったとき、あなたの子供を作りましょうと言われました。私の体細胞核を使って、代理母に私の子供を産んでもらおうという提案です。私には素晴らしい提案に思えました」

飯綱は違和感を覚えた。いきなりクローン技術に飛ぶとは。山下の表情が読めずどのように受け止めるべきか判断がつかない。飯綱の焦りを知らず山下は続ける。

「そのとき水野から、まったく新しいゲノム編集技術を開発したことを聞かされました。それはクリスパーと呼ばれる技術の一つです」

　捜査会議での桜井の疑問を思い出し、咄嗟に口にする。

「ツェットくんは外見上、十五、六歳だ。十五年前にはまだクリスパーは開発されていない。一般的なクリスパー技術であるクリスパー・キャスナインが発表されたのは平成二十四年だ」

「クリスパー技術のもととなるバクテリアＤＮＡの発見は、一九八七年、昭和六十二年に発表されています。その十三年後の平成十二年に、水野は独自にクリスパー技術を開発しました。キャスナインより精度の高い、独自のクリスパー・シーエスエヌという方法です。サクラ発酵と水野はそれを公表して特許を取得するのではなく、企業秘密として厳重に管理することを選択しました。その選択は正解だったのでしょう、キャスナインが開発されるまでサクラ発酵は業界で優位に立ち続けたのですから」

　額を両手で支え、下を向いたまま山下が答える。庄野の推測と一致する供述だった。

「あなたの遺伝子を持った子供、あなたの遺伝子を進化させた子供を作ろうと言われたとき、私は有頂天になりました。水野と結婚できる、こどもを持つこともできる！」

　ナルシスト野郎。思わず飯綱は心の中で呟いた。付き合うのは少々苦痛だが休憩するわけにはいかない。黙秘を破ったときには徹底的に喋らせる。ふたたび沈黙に逃げ込まぬよう、会話と告白の快感を覚えさせるためだ。それに内容の真偽はともかく相手が喋れば喋るほどこちらの情報量は増える。

「進化させた子供と水野は言ったんだな。その方法は聞いたか」

「はい。クリスパーによるゲノム編集は成功率が高いといっても百パーセントではありません。キャスナインで編集に成功する確率は二十パーセントから三十パーセントと言われていて、より精度の高いシーエスエヌであっても五十パーセント程度だと言っていました。そこで水野は、クローン技術と組み合わせることを考えました。体細胞核を初期化したうえでゲノム編集を施し、編集に成功した核を未受精卵に移植して代理母に着床させる。水野はそう説明しました」

「説明を聞いてどう思った」

「気味が悪いとか怖いとかいった負の感情は湧きませんでした。自分のことも、それも自分を超えることが保証されたことも。素晴らしい。そうとしか思いませんでした、デザイナー・ベビーの問題なんて考えもしませんでした」

デザイナー・ベビーの問題。取調べ前に桜井から受けたレクチャーを思い出した。人が人をデザインするという生命倫理上の問題に加えて、デザイナー・ベビーを許すと優生学に支配されたディストピア、暗黒郷を作り上げる危険があるという。「僕みたいな体格の人間は生存が許されないかも。飯綱くんも社会不適合者としてパージされるかもね。管理官に逆らって捜査本部を外されたんだって？　刑事部で噂になってるよ。ふふふ」最後は笑い続けていた。

「私は単に自分のこどもが優秀であって欲しかっただけです。パーフェクト・ベビー願望は誰にでもあるでしょう。身体に障害がないだけでなく、勉強や運動に優れた完全な子供が欲しいという願望です。親が完全な子を望んで何が悪いのです。より健康で、より賢く、より強い子供が欲しい。他人より少しでも秀でていて欲しい。オムツ外れが他の子より少し早いだけでも喜ぶのが親というものでしょう。水野は完全な子を作る技術を持っていた。子供が産めないにしても、完全な子供を作ることのできる水野は、ある意味理想の母親と言えませんか」

「優生学論争に興味はない。ただ人が人を操作するなんて、私なら御免蒙《こうむ》りたいね」

飯綱の言葉は思いがけないものだったらしく、山下は驚いたように顔を上げた。

「刑事さん、お子さんは」

「結婚もしていない」

山下は口の端を吊り上げ微かな笑みを浮かべた。勝ち誇るような、憐れむような笑みだ。すぐに笑みは消えた。

りまます。しかし当時の私にとっては大変素晴らしいことに思えたのです」


「今から振り返ってみれば、その時の私の思いはただのナルシズムだったことが分かります。しかし当時の私にとっては大変素晴らしいことに思えたのです」

「ツェットくんが生まれたのは平成十三年六月より前か」

「クローン技術規制法のことですか。法律で禁止されるのはヒトクローン胚を母体に移植することです。平成十三年六月よりも前に移植を終えていれば法律に違反しません。宮原の胎内への移植は五月に行われました」

「どれくらいの人間が移植を知っていたんだ。移植にはそれなりに人手がいるんじゃないのか」

「ごく僅かの人間しか知りません。クローン技術もクリスパー技術も、やろうと思えば一人でも出来るそうです」

「知っていたのは誰だ」

「私と水野、宮原。そして当時の研究所所長の片山《かたやま》さんです」

「宮原とはどこでつながったんだ」

「合コンですよ。水野と付き合う前のことです。モデルと言ってました。美人な子だったので何回か食事しましたが、その時はそれきりでした。水野から代理母が必要だと言われたとき、彼女のことを思い出したんです。若くて健康、事件を起こしたことは人伝《ひとづて》に聞いていて、お金に困っているだろうと思って連絡を取ったら、興味がありそうだったので片山所長に引き合わせました」

　サクラ・ウェルネスの片山。その名前が引っ掛かり、少し考えて思い出した。十二年前の事件という偽装表示事件関係者の自殺として当時の新聞記事に載っていた。偽装表示事件ということで、将来の捜査の参考となると認められた資料を残して捜査記録は処分されており、「過去の偽装表示事件にサクラ・ウェルネスが関与していたようだ」との報告を樫木が上げてきた後、慌てて当時の新聞記事を馬場に集めさせた。

「片山所長は代理母の報酬として一千万円を宮原に提示したそうです」

　海外、特にインドやアメリカでは代理母業と呼ばれる仕事があることは飯綱も知っていた。日本では産婦人科学会が代理母出産を自主規制しているが法的拘束力はない。ある医師が代理母出産を行なったことを公表して議論になったこともある。しかしその事例でも、代理母となることで報酬を受け取ってはならないという無償性の原則と、あくまで代理母になる者の自発的な意思によらねばならないという自発性の原則は守られたはずだ。だが水野たちのやり方は、この二つの原則を踏みにじるものだ。

「カネはどこから出た」

「サクラ・ウェルネスです。片山所長から、設備はサクラ・ウェルネスのものを使うし、必要な現金は宮原への報酬ぐらいなのでサクラ・ウェルネスの研究費で賄えると聞かされました」

「まるでサクラ・ウェルネスの生体実験だな」

山下は飯綱を睨んだ。飯綱が目を逸らさずにいると下を向き、今度は顔全体を手のひらに埋《うず》めて両肘を机に突いた。

「生体実験。そうなのかもしれません。今思えば、最初からヒトのゲノム編集を目的とした実験だったのかもしれません。しかしその時は、技術があるなら四の五の言わずにやってくれという気持ちでした」

遺伝子治療で重病の子供を治すというのならまだ分かる。しかし優生学的なデザイナー・ベビーのためにそんな気持ちになるものだろうか。自分には理解できそうもない。それとも子供ができれば自分も分かるようになるのだろうか。納得し難い思いを抱いたまま、話を続けるよう促した。

「出産予定は平成十四年の二月と聞いていました」

「『聞いていた』？」

「そうです。私は水野から、クローン胚が胎内に着床しなかったと言われました。つまり代理母である宮原が妊娠しなかったと言われたのです」

「それを信じたのか」

「宮原を四谷研究所に連れて行ってからは、彼女と接触することは禁じられていました。臨床がどの段階にあるかも水野と片山所長から聞かされるだけで、二人の話以外に情報はなかったんです」

顔を隠したまま山下が言った。俺を見て話せと言いたいのを我慢した。今はまだ、話をさせるほうが重要だ。追及は後からゆっくりとすればいい。

「どん底に落とされた気持ちになりました。水野を責めたくはありませんでしたが、激しい言葉で彼女を責めたと思います。考えてみればおかしな話です、結婚もしていないのに。その後、私は南米支社の穀物流通部門に異動になり、五年間を向こうで過ごしました。異動になった時、水野にプロポーズしましたが、逆にきっぱりと別れを告げられました」

これまでの山下の話は、捜査本部が把握している宮原との鑑や水野の職歴と、少なくとも外形的には一致する。

「しかし実際にはツェットくんは生まれていた。それを知ったのはいつだ」

逡巡《しゅんじゅん》するように山下は黙り込んだ。ここから先が宮原殺しに関係してくるのだろう。それを話すかどうか迷っているのだ。何を今さら。ここまできて話さずに済ますことはできないだろう。さっさと話せ。言い分をとことん聞いてやる。心の中で喚《わめ》きながらも表情は変えず、じっと山下を見つめた。

3

放っておいても山下は話し始めるはずだ。しかし時間が惜しい。口火を切ることで助けてやることにした。

「どうした。具合でも悪いのか」

「……約束してください。ツェットを保護すると」

「保護する。それは間違いない。警察は、自分の手元から攫《さら》われた人間を放置しておくようなことはしない」

ただし、と飯綱は付け加えた。

「逮捕という形になるかもしれない。ツェットくんが罪を犯しているならな。それは分かるだろう」

敢《あ》えて言った。道理を分からせなければならない。やがて山下が話し始めたが、相も変わらず下を向いて顔を手で覆ったままだ。

「ツェットが生まれていたことを知ったのは、警察に出頭する一週間前です。水野から私の携帯に電話がかかってきました」

あなたのクローンが人を殺したわ。責任をとって。十六年ぶりの電話で水野はそう告げたという。

「私は動揺しました。いないと思っていた息子がいて、かつての恋人が責任をとれと言うのです。しかもその責任というのが、息子に代わって警察に出頭することなのですから」

――馬鹿なことを言うな。俺にこどもはいない。

そう答えた山下を、水野はサクラ・ウェルネスの四谷研究所に呼び出した。息を切らして駆けつけた山下を待っていたのは、一人の少年だった。

「ひと目見て息子だと確信しました。顔かたちが似ていたということもありますが、本能的に直感したといったほうがいいかもしれません」

体が固まり彫像のように立ちつくす山下に少年は話しかけた。「こんばんは、お父さん」と。

「膝から崩れ落ちました。むかし夢にまで見たこどもが目の前にいる。しかし私が感じたのは喜びではなく、足元に突然暗い穴が開いたような、言い知れぬ不安でした」

そんな山下に水野がそっと近寄り囁いた。あなたのクローンよ。疑うのなら、ここでDNA検査をしてあげましょうか。完全に一致するわよ。

「私は動けませんでした。私とまったく同じ遺伝子を持つこどもがこの地球上に存在し、自分の知らないところで成長していたことに言い知れぬ恐怖を感じたのです」

水野は囁き続けた。あなたは彼の父親で、クローンのドナー。彼は間違いを犯したわ。それを償うのは、親として、オリジナルとして、あなたの責任ではなくて。笑いながら更に水野は続けたという。あなたは何もしてこなかったでしょう。少しくらい親らしいことをしなさい。傷害致死で十年、殺人で十五年。刑務所から出てきたら彼と暮らせるようにしてあげるわ。いいえ、かつて夢見たように私たち三人で暮らしましょう。

「私は、それまでの生活が終わりを告げたことを知りました。ツェットを目の前にして、今までどおりに生きていけるわけがない」

飯綱は指でトン、トンと机を叩いた。苛立ちを伝えるためだ。

「いいか。あんたは四十五だし、リョーユーショクで副部長という地位にある人間だ。そんなあんたが水野に囁かれただけで身代わり犯を承諾したって言うのか。そんな話は信じられない、山下さん」

聞きの体勢から一歩踏み出して挑発したが、山下は伏せた顔を上げない。独り言のように呟き続ける。

「その時の水野は私にとって巫女《みこ》でした。ツェットという神の巫女。ツェットは私の前に立っていただけです。だが私の前に立つツェットは決して汚してはいけない存在で、何としてでも守り抜かねばならない。そのためには水野の言うとおりにするしかない。巫女の託宣です」

正気とは思えなかった。それともここまで山下を追い込んだ水野に瞠目《どうもく》すべきか。

「水野は、どうやってツェットが宮原を殺したか喋ったのか」

「ツェットと水野が宮原の自宅へ行き、そこで宮原と水野が口論になったそうです。宮原が激昂《げきこう》して水野に掴みかかったので、宮原の頭をツェットがクリスタル製の灰皿で殴りつけたと」

「クリスタル製の灰皿？」

「ええ。海外ブランドの重量感のあるやつだそうです。それでぐったりとなった宮原を水野が運び出し、山に埋めたと聞きました」

話が抽象的で漠然としている。慎重に吟味する必要性を感じながら、とりあえず質問を続けた。

「口論の原因は何だ」

「金です。宮原は一千万円だけでは満足せず、その後もサクラ・ウェルネスに金を要求し続けました。片山所長が生きている時は片山所長が、片山所長が亡くなってからは水野が金を払っていたそうです。しかし偽装表示事件があった後、だんだんと水野には金銭的な余裕がなくなっていきました」

「偽装表示事件？　何の関係がある」

「偽装表示事件のとき、水野も捜査対象になりました。偽装表示と疑われたものの一つに穀物の品質偽装があり、それはサクラ発酵が水野の技術を使って生みだした穀物です。片山所長が自殺して捜査は終わりましたが、問題の穀物を作ったサクラ・ウェルネスと水野はサクラ発酵にとって厄介な存在になりました。さっさとサクラ・ウェルネスを解散したいところですが、水野の持つ技術と情報が流出することは避けねばなりません。結局、サクラ発酵は水野を飼い殺しにすることにしたようで、組織は縮小され研究費は削られていったそうです」

「宮原に渡す金がなくなったんだな」

「最近になって、これで最後にするからと、まとまった額の要求があったそうです。しかし今の水野には準備できない額でした。すると宮原は、代理母契約の話をマスコミにバラすと言ったそうです。水野は、宮原がお腹を痛めて産んだツェットからも説得させ、金を諦めさせようとしました。ところが、宮原はかえって逆上して水野に摑みかかった。後はお話しした通りです」

「身代わり出頭にためらいはなかったのか」

「そんな余裕はありません。水野はツェットを私のマンションに住まわせました。出頭までの一週間、私はあの子と一緒に生活したのです。水野の目的は、監視というより私を動揺させることだった」

「息子とはいえ、初対面の人間、それも人を殺した人間だ。一緒に生活するのは不安だったろう」

「最初こそ恐怖はありましたが、一緒に生活する中で、ツェットはそれまでの人生を話してくれました。あの子の人生を一言で言うなら、実験動物です。テストされ、検査され、閉じ込められた」

ツェットは八ヶ岳研究所に付属する入院設備で育った。他の研究員には遺伝子疾患の子供と説明されていたという。

「刑事さんが言われた通り、彼には戸籍がありません。水野の子として出生届を出すことを検討したようですが、ゲノム編集を受けたツェットが正常に発育するかどうか分からず、何年生きるかも分からないという理由で届けは出されませんでした。その話をあの子から聞いたとき、水野に対する激しい怒りが湧きました。あの女はとんでもない女です。あの子を実験動物としてしか見ておらず、名前すら記号にしてしまったのですから」

「ツェット、Zだな。出頭後の行動について水野から指示を受けていたのか」

「出頭したその日のうちに自白して、あとはずっと黙秘するように指示されました。そうすれば警察が勝手に犯人にしてくれると」

舐められたものだと内心歯ぎしりをする。しかし現実の捜査は水野の思惑通りに進んだことになる。

「竹内所長はツェットのことを知らないのか」

「さあどうでしょう。竹内所長のことはよく知りませんが、片山所長と違って名目だけの所長のようです。偽装表示事件で片山所長が亡くなった後、長らく所長不在の状態だったが三年前にサクラ発酵が連れてきたと。医師免許は持っているものの、ろくな研究実績はなく、かといって臨床経験があるわけでもない素性の分からない医師だと水野が言っていました。サクラ発酵の意を受けて、サクラ・ウェルネスの組織縮小に勤しんでいるとも」

飯綱は考え込んだ。山下の話が本当なら、水野の研究組織を潰すために竹内は動いており、二人の利害は対立していることになる。竹内の知らないところで水野が暴走している可能性があった。

腕時計を確認する。捜査会議前に田中に報告を上げるには、いったん取調べを切り上げたほうがよさそうだ。ふと思いついて尋ねた。

「ツェットに行なったゲノム編集はどういったものだったんだ」

「DNAのコード領域のうち大脳皮質の発育に関係していると思われるたんぱく質生成領域と、骨髄形成に関係していると思われる領域を編集したと聞いています」

「それはつまり……」

「論理的思考能力と肉体的治癒能力の向上を目指したもの、と水野が言っていました」

頭が良くて体が丈夫、という言葉が思い浮かび軽く頭を振った。まさに優生思想だ。

「これからどうなります」

「犯人隠避《いんぴ》の疑いで水野を逮捕する」

4

警視庁に場所を移した捜査本部。取調べを終えた飯綱はひな壇に陣取る迫口と田中に結果を報告した。捜査会議直前ということで、ほとんどの本部捜査員が会議室に集まっている。ツェットが自らの体細胞核クローンだとする山下の供述を報告すると、捜査員がざわついた。桜井は渋面を作り、神田警察署の鈴木課長は目を丸くする。ただ庄野だけが喜色を浮かべていた。更に身代わり犯だというくだりで捜査員のざわめきはうめきに変わった。これまでの捜査をひっくり返された呻きである。

「山下の供述は信用できるのかい」田中が聞いた。

「いいえ。信用度はかなり低いでしょう。取調べ中、ほとんど顔を上げることはなく、視線を手で隠していました。何かを隠しているフシがあり、嘘と真実とを混ぜて話している感じがします。しかし、水野を叩くネタにはなります」

「あとは水野を確保してからってことか。所在確認が先決だ、竹内に連絡をとってみろ」

飯綱は近くの電話機を引き寄せ、スピーカーボタンを押してから竹内の携帯を呼び出した。

「竹内所長、水野さんに至急連絡をとりたいのですが、どうなっています」

「おたくらに言われてから必死にやっている。しかしあちこちに問い合わせてもどこにも立ち寄った形跡はないし、携帯の電源は切られたままで、どうにもならんよ」

投げ遣りにも聞こえる口調で言った。馬場も通信会社を通じ位置情報の取得を試みたが、携帯電話から居場所を特定することはできなかった。

電話で竹内にどこまで話すべきか。しかしいずれにせよツェットのことを聞かねばならないし、津和たちが竹内に接触できる保証もない。

「水野さんと一緒にいる少年と、水野さん自身が犯罪に関与した可能性があります」

「水野が犯罪？　そんな馬鹿な。あれは研究しかできん女だ。しかもなんだ、その少年というのは」

「貴社の八ヶ岳研究所で少年は生活していたようです。ご存知ありませんか」

「どうかな、あそこには臨床のクランケがよく来るから」

「八ヶ岳研究所は病院としての届出もされているのですか」

「もちろんだとも。私が院長も務めている」

「少年の名はツェットというのですが、ご存知ありませんか。綽名かもしれませんが」

「ツェット？　ふざけた名前だな。そんな名前は知らん」

「所長はいまどちらに」

「名古屋《なごや》に向かっているところだ。この電話も運転しながら話している」

「それはいけませんね。もう電話を切りますが、海外出張の予定に変更はないんですね」

「申し訳ないが、こっちも働いている身だ」

「しかし、あなたのところの研究員が容疑者になったんですよ」

「事務局の連中がしっかり対応する。もう電話を切るぞ」

言うや否や電話が切れた。

「津和に名古屋の国際空港まで追いかけさせるかね」

田中が言ったその時、デスク係が大声を張り上げた。

「石井部長から着電！」

田中の前に置いた電話機のスピーカーボタンを押した。

「飯綱だ。本部でスピーカーで喋っている」

「何か変です。社員寮の管理人に水野の部屋を開けさせたんですが、電源の入ったノートパソコンが一台、玄関の框《かまち》に置いてあります」

「ノートパソコン？」

「ええ。A4サイズよりも若干大きい、捜査本部で使ってるようなやつです。電源が入っていて画面上に地図が表示されてます。二十三区の地図ですね。その地図の上で、青丸の点が、ゆっくりと点滅しています」

飯綱の頭に閃《ひらめ》くものがあった。

「地図上のどこで点滅している」

「四谷ですね。四谷三丁目のあたりです」

「それだ！」

思わず叫んでいた。

「係長、ツェットには位置情報を発信する機械が埋め込まれています。水野の自宅のパソコンは、ツェットの位置を示していると思われます」

「GPS・RFIDタグか！」桜井が声を上げる。

「水野は、なぜかは分かりませんが、ツェットの位置を把握できるパソコンを自分の部屋に残しているんです。ツェットは四谷研究所です」

「石井、田中だ。パソコンの画面をPフォンで撮影してこっちに送れ。送ったらそのまま待機。すぐにこちらから連絡する」

Pフォンは警視庁で採用されている警察用携帯電話の総称である。警ら用の「Pフォン」と刑事用の「ポリスモード」があり、通常の携帯電話と同じく通話通信機能、写真撮影機能を備えるほか、映像やメールをPフォンに一斉送信する機能などが付加されている。

「了解しました。いったん電話を切ります」

「馬場、SSBCの人間を呼ぶんだ。パソコンが多少分かる人間なら誰でもいい。石井から送られてくる写真を見せて、画面から読み取れる情報を片っ端から聞き出せ」

田中が迫口を見た。迫口が頷いた。捜査会議をやっている暇はない。田中が矢継ぎ早に指示を出す。

「小田、ガサの令請準備。被疑罪名は逮捕監禁と犯人隠避の両方で。樫木と飯綱は捜査員を連れて四谷研究所に向かえ。樫木が研究所の周りを固め、飯綱は研究所に聞き込みをかける。中に誰がいるかを確認し、速やかに小田に連絡しろ。小田は飯綱の報告を待って令状の請求を行ない、発布され次第、樫木と飯綱でガサをかける」

「はい!」

一斉に捜査員が声を上げた。捜査本部の空気が沸騰する。だが迫口の一言がそれを冷ました。

「樫木、飯綱、拳銃を携帯しろ」

皆が迫口に注目する。迫口は腕組みしたまま、深く椅子に腰かけて背もたれに体重を預けていた。

「桜井、防弾ベストはテーザーガンに有効か」

「ケブラー製のやつなら単純に厚みの問題でしょうね。どうせなら、昔の鉄板入りのほうがいい。電流は鉄板に流れて肉体には流れない。ドイツで、鉄でできた大きなかごの中に人が入って、人工の雷をそのかごに落とし、中の人がどうなるか？　という見せ物をやっていた博物館がありましてね、電流はかごの鉄に流れて中の人は何ともないというわけ。これをファラデー箱の避雷効果と言いまして……」

「余計なことは言わんでいい。現場に出る人間は旧式防弾ベストを着用」

了解の声が上がる。

「田中、ＳＩＴに出動待機要請」

迫口の命令に田中の顔が引き締まる。ＳＩＴは捜査第一課特殊捜査犯係のことであるが、警視庁刑事部突入班といったほうがとおりがいい。立てこもり犯などの逮捕を任務とする突入部隊だ。

「分かりました」

「飯綱、研究所に略取犯がいると判断したらすぐに知らせろ。SITを出す。くれぐれも慎重に行動しろ。聞き込み前に外観の目視観察を怠るな。目視観察で不穏な動きがあれば聞き込みを省いてガサをかける。分かったか」

「はい」

迫口は会議室の壁に掛けられている時計を見た。

「今が午後七時四十三分。装備を整え、研究所の聞き込みは午後九時に開始。行け」

第七章

自白採取

1

午後八時五十分、飯綱は車の後部座席から研究所の正門を窺っていた。正門から適度に距離を取った車の運転席には尾形が、助手席には馬場が座っている。尾形は双眼鏡で研究所を観察していた。

「飯綱さん、あれ」

後部座席の飯綱に双眼鏡を渡しながら尾形が守衛ボックスを指差した。双眼鏡を受け取り、身を乗り出して尾形の指先を双眼鏡で辿る。守衛ボックス内のL字フックに不釣り合いなものがぶら下がっていた。古ぼけた懐中電灯と一緒に下がっているのは真新しい女性ものの黒いハンドバッグだ。

「昨夜、水野が持っていたバッグに似ています」

尾形の言う通り、昨夜水野が肩に掛けて出て行ったハンドバッグによく似ていた。

ジャケットの下に防弾ベストを着ると車の外に出る。ひんやりとした夜の空気に包まれた。四月下旬だというのに寒気のせいで気温が低い。遠くから車の騒音が聞こえる。しかし建物の周囲は静かだ。

「ここにいろ」

言い置くとなるべく防犯カメラの視野に入らぬように守衛ボックスに近付き、その陰に隠れた。白手袋を取り出して手にはめる。ボックス側面のドアを見ると錠はなく、自由に出入りできるタイプのボックスだと知れた。ドアノブを回して薄くドアを開け、素早く体を滑り込ませる。

中腰になるとハンドバッグをフックから外して床に置く。バッグの口は開いていた。中を見ると、名刺、イヤホンが繋がれたポケットラジオ、そして鍵が入っている。名刺は水野のものだった。馬場の携帯電話を呼び出し、小声で伝える。

「馬場、小田主任に連絡。水野のバッグが研究所の守衛所にあった、研究所内にいる可能性が高いとな。状況を細かく伝え、ガサ状の請求に協力しろ。尾形をこっちに寄越してくれ」

電話を切るとバッグの中のラジオを手に取った。ポケットラジオに見えた機械にはダイヤル式スイッチが突き出していて、側面には「RECEIVER」の文字が刻まれている。交番時代に慣れ親しんだ警察用ではないが、無線受令機のようだった。

飯綱はイヤホンを取り上げ、左耳に装着すると受令機の電源を入れた。

「いつまで待たせるつもりだ。呼び出しておいて」

聞き覚えのある声が流れる。声の主を思い出すよりも早く、別の声が答えを教えてくれた。

「ドクター水野がバスルームでね。でも連れて来たのだから怒らない、ドクター竹内」

不思議なイントネーションの、おかしな日本語だ。

「やはりあなたの差し金だったのね、竹内所長。部下を監禁するなんて、いったいどういうつもりなの」

氷のように冷たく澄んだ声は水野のものだ。わけの分からぬままに受令機の周波数を確認すると、Ｐフォンに打ち込んで一斉送信ボタンを押した。周囲に張り込んでいる樫木たちは無線機の周波数を合わせてくれるだろう。

「ふん。つまらない芝居はやめるんだ。知ってるんだろう」

「何を？　あなたが宮原さんを殺したこと？」

2

竹内が笑ったようだ。品のない蛙のような笑い声だった。しかし笑い声ではなく語られた内容に驚いて飯綱は手の中の受令機を見つめる。竹内が宮原を殺した、水野は確かにそう言った。守衛ボックスに身を滑り込ませてきた尾形が、飯綱の表情を見て訝《いぶか》しげな顔をする。飯綱は尾形を無視して受令機の音に神経を集中させた。

「ストップ。俺たちは余計なことは知りたくない。あとは二人で話してくれ。俺たちはあっちの部屋にいる」

おかしな日本語が割り込む。

「ちょっと待て、私のボディガードはどうするつもりだ。ボスに叱られるぞ」

竹内の文句に、はきはきとした女の声が答える。

「勘違いしていますね、竹内さん。私たちの任務は水野博士と少年を、明日、クライアントに引き渡すことです。あなたの警護は私たちの任務に含まれていません」

脳裏に、ツェットを車の中に運び込んだポニーテイルの女の顔が思い浮かぶ。

「ヨウコの言う通り。でもあなたがドクターを逃がしたら、私たちも困る。すぐそこの部屋にいる。それにこれを貸してあげよう」

「何だこれは」

「スタンガンの一種です。引き金を引くと電極が飛び出し、相手に電気ショックを与えます。ただしこれは発射能力が強いので、決して頭部に当てないでください。頭部挫傷で死亡する可能性があります。そうでなくても頭部に電気ショックを与えると脳に不可逆的なダメージを与える可能性があります」

「あなたがドクター水野を殺す、クライアントが困る。クライアントが困ると、ボスが俺たちに何を命令するか分からない。オーケー?」

「なんて奴らだ、あっちへ行け!」

竹内が喚き、足音が遠ざかる。

「頼もしいボディガードね」

皮肉を込めて水野が言う。水野の声が驚くほど鮮明に聞こえる。マイクが口元に近いのだろう。

「うるさい!　変な真似はするなよ。この距離では外しっこない」

「なぜ宮原さんを殺したの。彼女は何も知らなかったのに」

「何も知らなかっただと。本当にそう思っているのか」

「どういうこと」

「この私を脅《おど》したんだよ。ツェットを返せ、さもなくば全てバラすと。私が百万でどうだと言ったら馬鹿にしたように笑いやがった。我慢して幾ら欲しいと聞いたら、金で換えられると思うのかって言いやがったんだ。強欲なババァだ」

「母親として当然でしょう」

「母親？　金を貰って産んだのに？　いいか、あの女はボランティアで産んだんじゃない。金のために産んだんだ！」

「確かにお金も動機でしょう。でも産んで母親になった。いいえ、産む前、妊娠してから気付いたのよ。食の嗜好《しこう》が変わり、味覚すらも変わり、胎動を感じ、お腹の中を触られたり蹴られたりしながら愛おしさを覚え、無事に生まれてくることだけを望むようになる。しかし産んだとたんに赤ん坊を取り上げられた。誰が彼女を責められて？」

「だったら契約なんかするな。赤ん坊の人身売買だとして代理母出産を禁止している国もあるんだ。あの女は金のために赤ん坊を売ったんだよ。あの女には母親ヅラする資格はない！」

　──水野、竹内を刺激するな。

　心の中で呟いた。竹内の声に尋常ならざるものを感じた。始末の悪いことにテーザーガンを持たされている。このまま水野が挑発し続ければ何をするか分からない。

　ハンドバッグの鍵を見た。短いディンプルキーだった。守衛ボックスには建物内につながる木戸口がある。飯綱が木戸の表面にゆっくりと手を這《は》わせると、木製に見えた木戸がスチール製であることが分かった。小さいノブが付いていてその下に鍵穴がある。鍵を手に取り鍵穴へと差し込む。ゆっくりと捻ると錠があいた。

小田はもう令状請求に取り掛かっているはずだ。捜索差押許可状が出ればすぐに踏み込める。しかし竹内が水野に危害を加えるのを看過することはできず、その時は応援の到着まで時間を稼ぐしかない。決断すると、尾形に身振りで守衛ボックスから動かぬよう指示し、ひとり木戸口を潜り抜けた。

「宮原さんは、お金のために代理母を引き受けたことを後悔していた」

「だったら大人しくしてればよかったのだ。ツェットを返せだと、金儲《もう》けのくせに。あんたらもあんたらだ、ツェットに会わせ続けるとは正気とは思えん。アメリカのベビーM事件を知らないわけじゃなかろう。あんたらが問題を複雑にしたんだ」

「アメリカの事件は遺伝子的に代理母の子供よ。それに裁判所は子との面会権を代理母に認めたわ」

「そんなことを言ってるんじゃない！　自分の腹を痛めたんだ、愛着が湧くのは当たり前だろうと言っている」

「低俗ね。そんな言葉で母性を表現しないで欲しいわ」

「だがその低俗な感情に同情したのが片山だ。会わせ続けたのは片山だろう。宮原から聞いたよ」

水野が言葉に詰まる様子が伝わってきた。

「とんだお人よしだな。だから偽装表示事件の責任を負わされて自殺するのだ。サクラ発酵の指示でやりました、と正直に言えばよかったのだ」

「……彼は遺伝子組換えの恐ろしさに気付いたのよ。私も」

「興味ないな。だいたい遺伝子組換えだろうがクローンだろうが、肉は肉だ。タンパク質。それ以外の何物でもない。胃で溶かされ、腸で吸収されるだけだ。偽装で大騒ぎする奴らの気が知れん」

「幸せな人ね。遺伝子組換えの影響が、いつどのように出るかなんて誰にも分からない。いいこと、DNAの非コード領域が実はジャンクではないことも最近分かったのよ。どの領域がどのような働きをしているかも、他の領域と関連しているかも分かっていない。それなのに一部の遺伝子だけを改変して効果を得ようとする。それは大変危険なこと、想定外の効果がいつどこで生ずるか分からないのだから。仮に遺伝子編集が成功しても、塩基配列の転写機構でエラーが起こる可能性もある。それを予見することは困難よ」

「だからこそのクローン技術とクリスパー技術の組み合わせなのだろう。改変の前と後を実際に比較すればどこにどのような影響が出たのか分かる。あんたが考えた方法じゃないか」

木戸口を抜けた飯綱は敷地を見渡した。通路以外は芝生で木の一本も生えてはいない。建物の窓から灯りが漏れている。家宅捜索で撮影したビデオから尾形が描いた建物の見取図を思い出す。二階は研究室が三つと、CT装置などが置かれた放射線区画が一つ。一階は玄関から奥に伸びる廊下があり、廊下の脇に宿泊者用の部屋が二つと食堂、娯楽室。奥にはツェットが寝かされていたホールがある。水野たちはホールにいるのだろうと見当をつけた。

敷地北側の塀に沿って素早く進む。拳銃はホルスターに収めたままだ。手に持つとかえって危ない。玄関にある防犯カメラの死角まで来ると、直角に曲がって建物の壁に身を寄せる。草は飯綱のくるぶしを隠すほどの高さしかなく行動に支障はない。建物の壁に沿って奥を目指した。

「もう一度聞くわ。なぜ宮原さんを殺したの」

「分からないのか。金だよ。勘付いていただろうが、私はサクラ・ウェルネスの整理をサクラ発酵から依頼されて所長になった。私はもともと医療法人のM&Aを専門にしていてな」

鼻先で軽く息を抜くような嘲りの声で水野が言う。

「M&A？　ものは言いようね。医師資格を利用して経営が傾いた医療法人に入り込み、法人資産を切り売りして最後は法人格まで売り払う。かなりの悪評ね、少し調べたらすぐに分かったわ。暴力団にも医療法人を売っていたんですって」

「医療法人はペーパーカンパニーとして使えばいろいろと旨味《うまみ》がある。表の世界で医療法人の法人格はだいたい四、五百万。それが裏の世界になると一千万円は下らない。資産を売り払った金を合わせれば、まあいい商売だ」

悪びれずに竹内が言う。

「おめでとう。だったらそっちの世界で満足していなさい」

「そうはいかない。サクラ発酵はそんな私に目を付けて、偽装表示事件でガタガタになったサクラ・ウェルネスの清算を頼んできた。うまく清算できればたっぷりと成功報酬を払うと言ってな。私は喜んで引き受けた。給与もいいし、清算終了後の報酬もよい。だが私の目的は、水野、あんたの技術だ」

飯綱は足を止めた。ホール手前にある部屋の窓から英語での会話が聞こえる。男女二人組だろう。地面に四つん這いになった。無様な格好ではあるが、背に腹はかえられない。壁際には窓に達するほど背丈のある雑草が生えていた。それに触れないよう慎重に進むと、すぐにスーツの膝と手のひらが露に濡れた。無事に通過し終え、今が四月であることに感謝する。夏であれば窓を開けていたかもしれないし、虫の音で異常を察知されたかもしれない。

「偽装表示事件でサクラ・ウェルネスの遺伝子組換え技術が優れていることは分かっていた。調べてみると、まったく新しい技術をあんたが開発したのではないかという噂が流れている。ピンときたよ、もし噂が本当なら金になる。それもサクラ発酵の報酬が端《はし》た金《がね》に思えるような金だ」

「馬鹿なことを。そんな技術なんてありはしないわ」

「信じられんな。あんたは僅か数年の間に遺伝子組換え穀物や畜産を立て続けに開発した。それが偶然だとは思えん。それになぜ今になってサクラ発酵がサクラ・ウェルネスを清算しようとしているのか。それはクリスパー・キャスナインの普及が進んだからではないか。あんたのクリスパー技術はもはや絶対的なものとはいえない。だから仮にあんたがヘッドハンティングされても致命傷にならないとサクラ発酵は考えたんだろう。とんだ間抜けだな。あんたがヒトゲノム編集に成功しているとも知らずに」

「あなたの妄想よ」

「ふざけるな。しかしうまく隠したものだ。所長に就任してから必死に探したが見つからなかった。隠したのは片山所長か。自殺する前に必死に考えたのだろうな」

ホールの窓に辿りつく。ホールは三面で庭に面しており、辿りついた窓は北側の腰高窓だ。遮光カーテンで覆われていたが、僅かに隙間《すきま》がある。中を覗き見た。

まず目についたのは、中央のツェットだ。昨日と同じ場所に同じ体勢で寝ている。その向こうに、薄茶色のスーツを着た竹内が立っていた。竹内と向かい合っておよそ二メートルの距離に水野がいる。水野の服装は昨日と同じだ。竹内の手にはテーザーガンが握られ、水野に向けられている。飯綱は再び移動を開始した。今度は腰をかがめただけで窓の下を通る。

「もうサクラ発酵の報酬だけでいいと思ったこともある。それでも乗っ取り業よりはいい金額だ。そんな諦めかけたときだ、銀行取引を洗い直すことを思いついたのは。普通なら真っ先にやる取引明細の確認を、通帳の確認だけで済ませてしまっていた。通帳は一定期間記帳しないと未記帳分が合算されて記帳される。未記帳期間の金銭の動きを知るには取引明細を銀行から取り寄せなければならん。片山の経費用口座の通帳には未記帳合算の表示が所々にあったが、合算金額が数万円程度だったから放っておいていた」

建物の角を曲がってホール東側のテラス戸に近付く。

「ああいうのを天啓と言うのかね。取り寄せた取引明細には一千万円をミヤハラチズという女に送金した記録があった。大喜びでその名前を調べたら、エピジェネティックス研究の協力者として研究所の名簿に載っていた。私はすぐに会いに行ったよ、片山の後任と自己紹介してな。すると知っていることを全部教えてくれた。一千万円で代理母になり、ツェットが生まれたこと。片山のとりなしで年に一、二回ツェットに会えるようになったこと。そしてあんたが面会に反対していることなんかをな。私は宮原との接触を続けた」

そこで竹内は真剣な口調になった。

「あんた、本当は宮原を馬鹿にしていたんだろ。宮原は感じていたよ。ツェットとの面会でも、宮原とツェットを二人きりにして決して同席しなかったそうじゃないか。一見したところ気を遣っているように見えるが、その実、あんたが宮原を嫌っていたからだ。宮原はそう言っていた」

テラス戸の横に立った飯綱は、ゆっくりと音を立てぬよう息を整えた。緊張と防弾ベストの重みで体力を消耗していた。前髪の生え際から流れ出た汗が額をつたって目に入り、軽く沁《し》みる。

「宮原はツェットとの面会がいつ打ち切られるのかとビクビクしていた。私は、私がいる限り面会が打ち切られることはないと言ってやった。それで宮原は私を信用したんだ。あんたは宮原のことを金で子供を売った女と蔑《さげす》んでいた、違うか？」

　息が整い、夜の冷気にさらされて汗も落ち着いた。テラス戸の全面にレースが引かれ、四枚のうち三枚の窓には生地の厚い引割幕のようなカーテンが掛かっているが、飯綱の横の窓には掛かっていない。窓から中の様子を窺う。

ツェットに変わりはない。竹内は完全にこちらに背を向けていた。自分の話に興奮している様子で、テーザーガンをしきりに振り回している。水野は飯綱のほうを向いていたが、今は両手で顔を押さえて俯《うつむ》いている。長い髪が顔にかかり、肩が小刻みに震えていた。

「ふん、図星か。あんたにとって大事なのはツェットで、宮原はそれを産んだにすぎない無用の人間だ」

「違うわ。違う……」

　水野が両手に顔を埋めたまま絞り出すように言った。

「水を向けると宮原は、ツェットの秘密を教えてくれた。自分が産んだ子はサクラ・ウェルネスの最新技術によって産まれた特別な子。父親の遺伝子を受け継ぎ、しかもそれを超える優秀な子だとな。クリスパー技術とクローン技術による子供だ」

「彼女はクリスパーとかクローンとか言わなかったはずよ」弱々しい声で水野が言う。

「当たり前だ。そんな用語をあの女が知っているものか」

一転して激しい口調で水野が責める。

「あなた、彼女になんて聞いたの。あなたが水を向けたと言ったわね。まさかとは思うけれど、誘導して聞いたんじゃないでしょうね。受精卵の作成は水野が行なったのか？　水野は受精卵に何をした？　遺伝子操作か？　父親の遺伝子を使って？　作成に成功した受精卵を移植したのか？　遺伝子検査は？　父親の遺伝子が検出された？　誘導されれば幾らでもそれらしいことが言えるわ。宮原さんには分子生物学の知識も体外受精の知識もない。おまけにあなたにもほとんど知識がない。どうしてそれでクリスパーやクローン技術が使用されたと判断できるの」

黙り込んだ竹内に、水野が諭すように言った。

「彼女は山下さんと面識があって、デートをしたこともある。山下さんに彼女は憧れを抱いていたのよ。山下さんの子供だから代理出産を承諾したの。最初に会ったときに話してくれたわ。母になり、たまにしか子供に会えない彼女が、子の優秀さや父親と似ていることを誇ったり自慢するのは自然なことじゃない」

「ふん、何とでも言うがいい。それにしても驚いたよ、ツェットがデザイナー・ベビーで、しかもクローン人間だとはな。私が探していたクリスパー技術だけでなく、クローン技術の人間適用例を見つけたんだ。すごく興奮したぞ。私は再びクリスパー技術を探し始めた。ヒトゲノム編集のデータも一緒に保管されているはずだ。目の前に成功例がある！　いったい幾らで売れると思う。想像もつかない」

「そうね、想像もつかないわ。そんな技術はないのだから。見つからなかったでしょう」

間が空き、そして竹内の悔しげな声が流れる。

「ああ。見つからなかった。そうこうするうちに、サクラ発酵からサクラ・ウェルネスの解散手続に入ると連絡があった。私のサクラ・ウェルネスでの仕事は終わりに近付いている。それとなく引き延ばしてきたが、さすがに限界だ。もう技術記録を探す時間はない。不本意ながら次善の策をとることにした」

「私とツェットを攫うつもりね」

3

飯綱はホールを覗いたまま、知らず握りしめていた右手を開いて指を伸ばした。手のひらにじっとりと滲んだ汗をズボンの太股部分で拭う。そして左脇下に差し込み、そこにある物を確認した。五発を装塡《そうてん》できるリボルバー、サクラ。ホルスターからは抜かない。

「そうだ。あんたとツェットを売りに出したらあっさりと買い手がついた。買い手は素性を隠しているが、あんたに海外で働いてもらいたいらしい。私も願ったり叶ったりだ。国内だと危なくて仕方がない」

「相手を知らないで取引しているの」

水野がふたたび嘲りを強めた声で言う。

「この世界じゃ珍しいことじゃない。知らないほうが幸せということもある。当局でなければ取引相手はどこでもいい」

機嫌をとるような猫撫で声に変わる。

「あんたにとっても決して悪い話じゃない。相手はあんたにギャラを払ってもいいと言っている。奴隷として働くより、金を貰って働くほうがいいだろう。それにあんたは警察に追われている。山下が、宮原殺しの犯人はツェットで、あんたが死体を埋めたと供述したからな。もちろん濡れ衣だが、警察に分かってもらうのは難しいぞ。よく考えてみることだ、海外で働くのは決して悪い話ではない」

飯綱は合点がいった。竹内は水野に海外行きを説得しようとしている。そのための長広舌だ。

「なぜ宮原さんを殺す必要があったの」

海外行きの話には触れず、話題を変えるように水野がふたたび聞いた。

「ツェットの秘密を知る者は、私たち以外は宮原と山下だけだ。あの女はツェットに固執していたから、ツェットがいなくなったら大騒ぎだろう。あの女は黙らせる必要があった」

「殺す必要はなかったわ！」

「私も努力はしたんだ。手切れ金として百万円を用意し、ツェットとの面会を打ち切ると言った。するとあの女は半狂乱になった。裏切り者、金はいらない、ツェットを返せと言ってこの私に摑みかかってきた」

「宮原さんに何をしたの」水野の声は震えていた。

「こう言った。四谷研究所にいる水野と話し合ってくれ。面会の打ち切りは水野が決めた。あなたとツェットの面会予定日が近付いていることは私も知っているが、水野はそれもやめたいと言っている。二人で話し合ってくれないか。宮原はあんたが自分を嫌っていることを知っていたから、疑うことなく私に付いてきた」

水野の声の震えが大きくなった。

「まさか、ここなの。あの子を産んだここで、彼女を殺したの」

「玄関に用意していた木槌《きづち》で、後ろから側頭部を狙った。ツェットとの面会日時を聞き出そうと思っていたので、即死されては困るが、かといって逃げ出されても困る。加減が難しいところだった。意外と骨が脆かったが、いい感じに挫滅《ざめつ》できた。陥没骨折だが出血は少なく、意識も清明で尋問には理想的だったといえる。仰向けに倒れた宮原に面会日時を尋ねたが、目をぎょろぎょろと動かすばかりで答えなかった。そこで同じところを狙って木槌を振るった。脳を揺さぶってやろうと思ってな。すると、助けて、と言った。聞き取りにくい掠《かす》れた声だ。もう一度殴った。そうしたら、あの子を助けて、と言いやがった。質問に答えず腹が立ったので思い切り殴ったら意識を失いやがった」

竹内が忌々しそうに言う。言葉遣いが気取ったものから野卑《やひ》なものに変わっていた。地が出てきたのだろう。怒りで全身が熱くなり、飯綱は窓から顔を離し気持ちを静めようと深く大きく息を吐き出した。

「おれは宮原のハンドバッグを開けてスマホを探した。おれの目の前で使ったこともあったから、宮原がスマホでスケジュール管理していることは知っていた。生体認証のロックがかけられていたが、こっちには本人がいる。本人の指を使ってロックを解いてツェットとの面会日時を確認した」

「殺す必要はなかったわ！」ふたたび水野が叫んだ。

「そうはいかない。宮原のツェットに対する執着は異常だ。いなくなれば騒ぎ立てる可能性がある。それはまずいんだよ。ここの物置のスコップを使い、山の林道の傍らに穴を掘って宮原を埋めた。穴掘りは大変だったが、この女を生き埋めにできると思うと苦にはならなかった。宮原は死んで当然の女だ。カネに目がくらみ、他人の子供を産んだんだ。欲望のまま自分の体を、子供を売ったんだよ。おまけに子供に愛着が湧くとそれにしがみついた。まさに欲の塊だ。助けて、あの子を、と呻き続けるあの女に土を被せてやったよ」

竹内が愉快そうに笑っている。怒りのまま思わず踏み込もうとした飯綱を、水野の冷ややかな声が押しとどめた。

「ずいぶんと杜撰《ずさん》な犯行だこと。死体も見つかるし」

水野の皮肉にも竹内は笑いをやめなかった。

「いや、ちゃんと計画していたさ。山下を身代わりにすることをな。宮原から山下のことを聞き、すぐに会いに行った。取引先だから山下のことを調べるのは簡単だった。会うとツェットの身の上話を聞かせてやったよ、実験動物としての一生を。母親の愛情を知らず、父親の厳しさも知らない。恋人もおらず、友人もいない。世界の片隅で、研究員だけに囲まれて送ってきた一生をね。奴は泣いたよ」

「酷いことを言うのね」冷ややかな声のまま水野が言う。

「酷い？　忘れるな、ツェットを作ったのはおまえだ。おれが語ったツェットの人生に嘘はないはずだ。おまえがそのようにツェットを育てた。親を取り上げ、自由を取り上げ、人生を取り上げた。それが、おまえだ。酷い？　酷いのはおまえだ！」

イヤホンと窓の両方から竹内が喚く声が聞こえた。続けて、息を吸い込んでは吐き出す荒々しい音が聞こえる。興奮した竹内が激しく喘《あえ》いでいた。

「どこまで話した？　奴が父親としての罪悪感に苛《さいな》まされていたところか。おれは会うたびにツェットの境遇がいかに悲惨か、憤ったふりをして話したよ。奴はたわいなく信じた。そしておれは、どうにかしなければならない、何かしなければならない、そんな気持ちで奴がいっぱいになるまで待ったんだ。一年近くかけたよ。そんな奴の気持ちを見極めてあんたらを売り、宮原を殺し、山下にツェットが宮原を殺したという話を吹き込んでやった。杜撰？　まさか。山下は喜んで身代わりになると言ったよ。そしてあいつは出頭したんだ」

竹内が笑う。それはだんだんと大きくなり、ついには哄笑《こうしょう》となった。やがて笑いが治まると、竹内はなおも言葉を繋いだ。

「後は知ってのとおりだ。タイミングよく、あんたはツェットを一人で東京に送り出した。おれはサクラ・ウェルネスの車を提供し、そのままここに監禁するつもりが、ツェットは異常を感じて車から飛び降り意識を失った。あんたに知らせると、あんたはここに飛んでやってきた。警察まで来たのは想定外だったが、あんたがツェットに埋め込んでいた機械で事なきを得た」

「あなたは勘違いしている」

水野の震える声がイヤホンから聞こえた。先ほどの震えとは違う、怒りの声だ。

「いいこと、ツェットはクローンでもなければデザイナー・ベビーでもないわ」

「ふん。そんな嘘を。ツェットは山下のクローンだ、DNAが同じなんだからな。警察も、宮原の家から発見された微物が山下のDNA型と一致したと発表している。ツェットは宮原の部屋に入ったことがあるが、山下はない。それなのに山下のDNAがあの部屋から出たということは、つまりツェットと山下のDNAが同じということだ」

「山下さんとツェットのDNAは同じじゃないわ。もちろんDNA型も」

竹内に疑念が湧いたようだ。ゆっくりと探るように言う。

「まさかきさま、宮原の家に山下の微物を？　しかし身元判明後、宮原の家は警察に封鎖されたはずだ。あんたがあの家に近付けたわけがない」

「そんなことしないわ。山下さんの微物が宮原さんの家にあるわけないじゃない。あなた、何も分かっていない」

「ふざけるな！　馬鹿にするな！」

竹内の怒声に飯綱は中を覗いた。驚いたことに水野が竹内にゆっくりと近付いていく。竹内はテーザーガンを水野の頭に向けて突き出した。それでも水野は歩みを止めない。明らかに竹内を挑発している。

「あなた、山下さんを身代わりにしたと言ったわね。山下さんが何も知らなかったと思っているの」

中を覗いたままホルスターからサクラを引き抜き、銃口を地面に向け安全装置を外す。

「教えてあげる、宮原さん同様、山下さんは定期的にツェットと面会していた。山下さんに接近してあなたが彼を苛んだ？　違うわ、宮原さんに聞いてやって来たというあなたを山下さんは警戒していた。彼があなたを監視していたのよ」

「何を……」

竹内が絶句した。

「いいこと、山下さんは、私の協力者なの」

瞬時、飯綱の頭が空白になる。

水野がさらに一歩前に出て、竹内の突き出したテーザーガンに額をつける。一歩前に出るその刹那、水野は飯綱を見た。それはほんの一瞬だった。相対する竹内すら気付かぬほどの、微かな瞳の揺らぎ。しかし飯綱は理解した。水野は、自分の前で竹内にテーザーガンを撃たせようとしている。

よせ！　飯綱が叫び声を上げようとした瞬間、ホール北側の腰高窓が叩き割られた。窓越しに、特殊警棒を右手に持った尾形の姿が見えた。

竹内が反射的にテーザーガンを尾形に向ける。

しかし尾形の背後に白人の男が現れ、男の肩が僅かに揺れたかと思うと尾形の顔が苦悶に歪んだ。尾形は背後を振り返ろうとしたが、その前に白人の男が尾形の首をチョークスリーパーで固めた。

それを見た竹内がふたたび水野にテーザーガンを向けようとしたその刹那、簡易ベッドから白い布が跳ね上がり、飛鳥《ひちょう》のように飛び出した少年が竹内を床に引き倒す。

その時になってようやく飯綱は銃を構え終え、「撃つぞ」と喚くや銃口をホールの天井に向けて引き金を引いた。

パン。

軽い高音ながらも大音量が鳴り響く。射入角とガラス材質のせいか、打ち抜かれた窓が砕け落ちることはなく、ただ小さな穴とその周りにひびが生じただけだった。

銃声によって全ての動きが止まり、静寂の時が訪れる。

次の瞬間、濃紺色の装備を身に纏ったSITの隊員が塀から敷地に降り立った。装備がこすれる微かな音を立てて白人の男を取り囲む。玄関からも別の一隊がホールに雪崩《なだ》れ込み、竹内の周りを取り囲んだ。

「みんな動くな！　動けば直ちに制圧する」

SITのあとに続いてホールに入ってきた樫木が叫ぶ。そのままホールを横切るとテラス戸の鍵を外して窓を開け、顎をしゃくって飯綱にホールに入るよう促した。

背後を取り囲むSIT隊員を意識しながら飯綱はゆっくりと発砲体勢を崩す。安全装置をかけ慎重に拳銃をホルスターに戻してから建物に足を踏み入れた。尾形はSIT隊員に助け起こされている。重傷とは見えず、安心した。

「飯綱、仕切れ」

「白人の男は暴行と公務執行妨害の現行犯で逮捕。そこの床に伸びているのが竹内所長、示兇器《じきようき》脅迫の現行犯です。あとは逮捕監禁の参考人として任意同行してください」

「こいつがぺらぺら喋っていた奴か」

樫木の左耳には警ら用受令機のイヤホンが差し込まれている。にやりと笑った。

「取調べが楽しみだ」

事筋解読

第八章

「そうすると、水野は、竹内を自白に追い込むために、山下を出頭させたというわけかい」

「はい。竹内が宮原殺しの犯人であると水野は確信していました。竹内は、三月二日にツェットが宮原を殺害した、と山下に言ったそうです。しかしその日、ツェットは水野と一緒に八ヶ岳研究所にいました」

田中の質問に、立っている飯綱が答えた。

1

竹内の逮捕から一夜が明けた二十九日。関係者の取調べが一巡したところで臨時の捜査会議が開かれた。捜査本部が置かれている警視庁の会議室には、すでに傾き始めた太陽の光が差し込んでいる。本部捜査員全員が顔を揃え、捜査一課長の大久保《おおくぼ》警視正と理事官の安浪《やすなみ》警視も出席していた。

「だったら警察に竹内を突き出せばよかったろう」

「証拠がありません。身代わりを唆しただけでは、竹内が殺人犯であるという証拠にはならない」

「そんなのは警察が判断することだ。それで水野はどうしたんだい」

「竹内の動機を推測したそうです。竹内が、宮原を殺し、山下を殺人犯として出頭させようとしているのはなぜか。ツェットの出生の秘密を知っている者を消すため。じゃあなぜ消す必要があるのか。それはツェットをどこかに連れ去るためではないか」

疲れも見せず取調べに応じた水野の整った顔を思い浮かべる。昨夜は警視庁が用意したホテルに泊めた。表情からは冷たさが消え、代わりに薫風《くんぷう》のような優しい笑みを浮かべていた。

「水野は、竹内の殺人を暴き、同時にツェットを守るために芝居を打つことにしました。竹内の仕掛けた罠《わな》を利用し、逆に竹内を罠に嵌《は》める。そのために山下を出頭させ、竹内の筋書き通りの供述をさせたのです」

竹内は「山下のクローンであるというツェットの秘密を宮原が知り、水野を強請《ゆす》っていた。それを知ったツェットが宮原を殺した」と山下に吹き込んだ。そして、ツェットを守るためには、痴情のもつれから宮原を殺したと自白するのが一番だと山下を唆したという。

「確かに山下は出頭初日、痴情が動機だと自白した。しかし二十八日のお前さんの取調べでは、水野が宮原に強請られていたという、竹内に吹き込まれた内容を供述している。しかも、唆したのは竹内じゃなく水野だと言ってな。これはどういうことだ」

「竹内は、二段構えの虚偽供述を山下に指示していたんです」

水野がサクラ・ウェルネスを辞め、ツェットを手土産に海外の研究機関で働こうと企んでいる、と竹内は山下に話していた。水野にとってツェットは実験動物だ。海外に連れ出されたら一生その境遇からツェットは逃れられない。竹内は、滑稽なほど必死になってそう山下に信じ込ませようとしたという。

それでは身代わりになる意味がないと言う山下に、「警察を動かせ。自白していたお前が『実は……』と話せば、すぐに警察は話に乗ってくる。そこで私から聞いた話を全て話すのだ。その時に水野に唆されて身代わり犯となったと言えば、間違いなくあの女は警察に逮捕される。ツェットも逮捕されるかもしれないが、海外に連れ出されるよりはマシだろう。すべては水野を警察に逮捕させ、水野の手からツェットを解放するためだ」と竹内は指示した。

「ツェットと連絡が取れなくなった時に、山下が真相——その真相というのは竹内が山下に吹き込んだ真相ですが——を警察に話すように仕向けた。山下が『真相』を話すことで水野に嫌疑が向くよう仕組んだのです」

昨夜来、竹内は樫木による取調べを受けていた。精神的に崩壊したらしい竹内は、樫木から問われるがままに答え、山下と水野の供述を裏付けているという。「あんなに楽な取調べはない」と樫木は苦笑した。

「じゃあ、俺たちはまんまと竹内の思惑に乗せられたっていうことかね」田中が不満げに言う。樫木が立ち上がり飯綱に代わって答える。

「まあそうなります。もっとも山下の『真相』の告白は、竹内の予想よりも随分早かったようですがね。竹内は、山下が起訴され接見禁止がなくなってから『真相』を供述させるつもりだった。あまり早過ぎると警察が水野を押さえてしまい、海外に連れ出せなくなりますからね。接見禁止中は外部から情報が入らないので、ツェットがいなくなったことに山下が気付くことはない。起訴され接見禁止処分が解かれた後に、ツェットがいなくなったと架空の名前で山下に葉書を送るつもりだったようです」話し終え着席した。

接見禁止とは、勾留期間中、弁護人を除いた外部の者と被疑者が連絡を取ることを禁止する処分をいう。殺人など重大犯罪では起訴まで接見禁止処分がなされることが多い。

「竹内は、山下が『真相』を話せば水野に対する捜査が始まり、その結果彼女に対する説得も容易になると考えていたようです」飯綱が続ける。

「ええ。竹内が売ろうとしていた『商品』は、ヒトゲノム編集やヒトクローンに関する水野の知識とその成功例としてのツェットです。当たり前ですが、知識は水野の頭の中にしか存在しません。自主的にせよ強制的にせよ水野の協力は不可欠です。最終的にはツェットを人質にして協力させようと考えていたのでしょうが、自ら進んで知識を提供してくれるのならばそれに越したことはありません。水野とツェット、二人とも日本の警察に追われる立場になれば、海外で働くという竹内の話に水野が乗ってくる可能性が高くなると考えたのでしょう」

「説得?」

「それで、水野が竹内の罠を利用した、というのは」

「そんな竹内の思考を水野は読み切っていたということです。水野は『真相』の目的が自分を警察に追わせることだと気付きました。だとすれば、自分がそこまで追い詰められれば竹内は真実を話すだろうとも。絶対的優位に立っていると竹内に思わせ、独白させること——それが水野の目的です」

飯綱は捜査員を見渡した。白人の男に首を絞められた尾形は、首に白い頸椎カラーを嵌めている。殴られた脇腹には、べったりと湿布が貼ってあるはずだ。

「水野は、竹内が油断する状況を作ることに腐心しました。そのためにまず、山下を警察に出頭させる」

　山下が警察に出頭し、竹内の筋書き通りに「痴情のもつれ」を動機とする殺人の自白をする。そして宮原の自宅から検出されたDNA型と山下のDNA型が一致することにより、警察は山下を逮捕する。また、このDNA型の一致により、ツェットが山下のクローンであるという竹内の確信は揺るぎないものとなる。

「次に、ツェットを八ヶ岳研究所の外に出し、竹内がツェットを略取監禁するのに都合のよい状況を作ります」

　水野はツェットを東京に外出させた。捜査のために延びていた宮原の葬儀が都内で行われることから、その葬儀に合わせて東京に行かせたのである。「入院患者の親族に不幸があって焼香をさせてやりたい」と申し出た水野に、社用車と臨時雇いの運転手を使うよう竹内は勧めた。しかも、仕事のために清里に残ると言う水野に対し、知り合いのシッターをツェットに同行させようとまで言った。

「水野は、竹内が東京でツェットの略取を仕掛けてくることを確信しました。そこでツェットと示し合わせて、葬儀の帰途にツェットが車から飛び出すという交通事故を演出しました。これが四月二十五日」

「それが一ツ橋交差点の事故か」

「はい。交通事故で意識を失ったツェットは、水野の予測どおり四谷研究所へと搬送されます」

四谷研究所にはCT装置がある。ツェットを病院に運び込めない竹内は、四谷研究所に運んで診察するだろう。水野の読みは当たった。

「いったん意識不明で四谷研究所に収容されてしまえば、自分を拉致監禁するまでそこから動かされることはないだろうと水野は考えたそうです。『商品』は水野の知識とツェットがワンセットですからね。交通事故は、いわばツェットの居場所を固定化する措置だったんです」

竹内はツェットが交通事故に遭ったことを水野に知らせ、水野は素知らぬ顔をして四谷研究所へ駆けつけた。

「すでに判明している通り、実際にはツェットは意識不明になっていませんでした。この事故後にツェットを診察したのは、水野と救命救急センターの医師だけです。このう ち救命救急センターの医師はカルテを確認し外観観察と触診をしたのみ。それでも意識不明を装うのは簡単ではなかったでしょうが、ツェットはやり遂げました。もっとも、意識不明を装うためには胃ろうとオムツ、それに導尿カテーテルをしなければならなかったのでツェットは躊躇したそうですが」

捜査員の中から笑いが起きた。導尿カテーテルを挿入する際の痛みを想像し、同情したのであろう。

「水野はツエットを治療するふりをし、四谷研究所と八ヶ岳研究所を往復します。水野の思惑を知らない竹内はツエットの診療を水野に任せ、事故がサクラ・ウェルネスと無関係であることを偽装するために社有車盗難の細工をしました。その時点ではまだ、竹内にとって警察の捜査はもっとも避けるべき事態でしたから」

しかし飯綱と尾形は早々とツエットを見つけた。これが四月二十七日のことだ。

「竹内は困ったでしょうが、水野も困ったようです。このままでは竹内に自白させるという計画が白紙になってしまう。そこで水野は、万一に備えてツエットに装着していたRFIDタグを使い、ツエットの保護先である病院を特定しました」

RFIDタグは水野がツエットに埋め込んだ。読みが外れて四谷研究所ではなく自分の知らない場所にツエットが搬送された場合に備えたものだった。

「病院を特定した水野は、四谷研究所の警備員にツエットの居場所を教えました。研究所の警備員も臨時雇いの白人運転手と同じく、竹内が連れてきた人間だったようです」

警備員が竹内と連絡を取っている間に、水野は受令専用機の入ったハンドバッグを守衛ボックスのフックに掛けた。竹内がツェットを取り戻して監禁するのであれば、自分も同時に監禁される可能性が高いと考えたからである。

「水野の予想通り、警備員は水野の身柄を確保し、水野は大人しく従いました」

最悪の場合、水野だけでも取引先に引き渡そうと考えたのだろうと飯綱は付け加えた。

「竹内は、病院から連れ出したツェットを再び四谷研究所に収容しました。水野とワンセットで監禁するためです」

「警察が一度捜索した場所をもう一度捜索することはないと思い、四谷研究所を監禁場所に使ったと言ってます」樫木が補足する。

実際には、一度家宅捜索した場所を警察が再び捜索することはよくある。家宅捜索を恐れて別の場所に移していた証拠品を、家宅捜索が終わったことに安心して元の場所に戻す人間が多いからだ。「二の足」と呼ばれる捜査手法である。

「竹内は四谷研究所に水野とツェットを確保することに成功しました。しかも私からの電話で、水野が捜査対象になっている一方、自分には何の嫌疑もかかっていないことを知ります。全てが自分の思惑通りに進んでいると思い込み、有頂天ともいえる状態でした。だからこそあの場面で、水野から聞かれるがままに宮原殺しを自供したのです。まさか無線中継されているとも知らずに」

「あの中継は傑作だったねえ」

田中が言うと捜査本部は笑いに包まれた。

竹内の自白は、研究所の周りを固めていた樫木たちのみならず、田中をはじめ捜査本部にいた全員が聞いていた。機転を利かせた樫木が、パトカーの無線機を通じて受令機の音を通信指令センターに流し、それを通信指令員が捜査本部の会議室スピーカーに流した。もちろん通信指令センターでは全てを録音している。

「しかし疑問点もある。マイクと発信機はどこにあったんだ。監禁中、身体検査はされただろ。それに中継開始のタイミングが絶妙すぎやしないかい」

「それがですね、係長。マイクと発信機は水野の体に埋め込まれていたんです。左上腕部内側に発信機を埋め込み、皮膚の下をカテーテルで通して首筋からマイクを出していたんです」

捜査員から驚きの声が上がった。

「誰が手術したんだい、そんなもの。自分ではできやしねえだろ」あっけにとられたように田中が聞く。

「自分で局所麻酔をかけて、ツェットに手術させたらしいです。鏡で術野を見ながら指示を出したそうですよ」

今度は呻き声があがる。しかしどこかふざけた感じの声だ。声のほうを見ると桜井だった。巨体を縮こまらせて「イーッ」と顔を顰《しか》めている。あんたは検視官資格者だろうにと飯綱は呆れた。

「上腕内側の機器はレコード機能も有しているそうですので、近日中に摘出手術を受けてもらい、任意提出を受けます」

「中継のタイミングの問題は」

「係長、それについてはまず玉木さんから」

隣に座る玉木に話を振った。玉木が立ち上がる。

「捜査支援分析センターの玉木です。昨夜石井部長が参考人の自宅で発見し、その後任意提出を受けたノートパソコンのプログラム解析を行なっています。ノートパソコンは四月二十八日午後七時ジャストに電源が入り、OSが起ち上がるように設定されていました。続いてインターネット接続と同時に『ロケーション・サーチ・プログラム・ユージング・GPS・RFID』というプログラムが起ち上がり、ロケーション・サーチ・サービスからログ情報がインポートされ、一時間おきにログが更新されるようになっていました」

「分かりやすく言って」田中が注文をつける。

「つまり昨日の午後七時にパソコンが起ち上がるように設定されていて、ツェットの位置情報が表示されるようになっていたということです」飯綱が代わって説明する。

「水野は、四月二十八日午後九時に竹内の自白中継が始まるよう、そしてその中継に警察が立ち会えるよう準備したのです。竹内を自白させるには奴の筋書き通りに水野とツェットが揃い、しかも警察の捜査が水野に向く必要がある。そこで最後の要件、警察の捜査が自分に向くタイミングを水野は調整しました。そのタイミングの調整に使われたのが、山下の供述です」

捜査員をふたたび見渡す。

「水野は山下と示し合わせ、二十八日に山下が『真相』を警察に供述するよう、出頭前に決めていたのです」

捜査員からため息が漏れる。山下の黙秘も供述も水野の計算のうちだった。

「『真相』を聞いた我々は水野に対する本格的捜査を開始する。自宅に向かい、これ見よがしに置かれたパソコンを見つけます。パソコンは七時に起動し、我々はツェットが四谷研究所にいることを知る」

飯綱の言葉にパソコンを見つけた石井が頷く。

「水野は、警察がパソコンを見つけてその意味に気付き、疎明資料を揃えて裁判所から捜索差押許可状を取得し、四谷研究所に踏み込むまで二時間程度かかると見積もりました。そこで午後九時から竹内と対決することを計画し、清里から東京への移動時間を考えて午後五時ごろ、竹内と会わせるよう自分を見張っていた四谷研究所の警備員たちに申し出ました。ビジネスの話がしたいと言えば竹内が飛んでくるだろうと考え、実際に竹内はやってきます。ところが午後八時には竹内が到着したので困ってしまい、一時間近く風呂に入って時間を調整したと水野は言っていました」

捜査員が笑う。

「こうして四月二十八日午後九時から竹内の自白中継が始まります。ついでに言えば、この中継に警察が間に合わなくとも支障はありませんでした。上腕の機器に全て録音されるのですから」

ふたたび捜査員からため息が漏れる。今度は賞賛のそれであった。

「さすがハーバードから奨学金を貰う才媛だね。考えることが常人離れしている」

感心したように田中が言う。だが、報告を終えて着席した飯綱は、自らの説明に納得していなかった。今の説明には重要なピースが一つ抜け落ちている。

「何だ、樫木」挙手した樫木を田中が指名する。

「竹内と一緒にいた白人ですが、これは竹内が雇った人間ではないようです。さっき飯綱の報告にあった研究所の警備員を含めてね」

「どういうことなんだ」

「竹内によると『商品』の交渉相手はアメリカのグレイウォーター社という警備会社で、その警備会社は代理人にすぎず、本当の取引先の名前は竹内にも知らされていない。取引先はM&Aのウラ業界でも悪評の高い竹内を信用しておらず、竹内に対して取引が終わるまで代理人の社員、オペレーターというらしいんですが、そのオペレーターを傍らに置くよう要求したそうです。お守《も》り兼見張り役ということらしい」

樫木の報告に桜井が反応する。

「グレイウォーター社だって。それはイラクで名を馳せた、アメリカの民間軍事会社だよ。プライベート・ミリタリー・カンパニー、略してPMCの一社。PMCはアメリカやイギリスで設立が認められている合法的な軍事組織で、PMCの戦闘員はオペレーターと呼ばれて特殊部隊出身者が多いと言われている」

桜井の発言に会議室が騒《ざわ》めく。

「じゃあ今回逮捕した男はアメリカ人だったわけかい」

白人の男の取調べを担当した白垣《しらがき》という巡査部長に田中が聞く。流暢《りゅうちょう》なアメリカ英語を喋る捜査員だ。立ち上がって報告する。

「はい。被疑者名はロバート・ロドニー。一緒にいたヨウコ・ロドニーと夫婦で、先ほど飯綱さんの話に出てきた臨時雇いの白人の運転手です。ロバートは尾形巡査への暴行について、建物の窓ガラスを叩き割った侵入者を取り押さえようとしただけだと供述しています。また、水野に対する監禁については、彼女は自らの意思で四谷研究所にいたと述べています」

「駿河台中央総合病院への侵入については何と言ってる」

「完全否認です。何のことか分からないと」

「しかし竹内は略取を命じたことを認めているんだろう」田中が樫木に聞く。

「いいえ。竹内は病院名を警備員から聞いたことは認めていますが、対策を練っていたところにツェットが配達されたと言っています。四谷研究所に白いバンが横付けされ、ツェットを置いて車は去って行ったと警備員から報告を受けたそうです」

「そんな馬鹿な話があるか！」

「水野の供述でも、ロドニー夫妻は水野が四谷研究所に確保されてからずっと一緒にいたそうですよ。病院襲撃はこいつら以外のＰＭＣオペレーターの仕業と考えたほうがいいでしょうね」飯綱は座ったまま口を挟んだ。

「いずれにせよロドニーを四十八時間を超えて拘束するのは難しそうです。検察官も、ロドニーの尾形巡査への行為は正当防衛ないし正当行為に当たり、傷害罪と公務執行妨害罪の成立は難しいだろうとの意見です。尾形巡査には申し訳ないが、大使館もうるさいですし」白垣が話を締めくくった。

尾形を見る。怒っているかと思いきや、情けなさそうな顔をしていた。

――俺の言いつけを守らず敷地内に入ってきたほうが悪い。

同情しないことにした。

「あの……」

ひな壇ではなく捜査員席に座っていた庄野がおそるおそる口を開く。

「それで、ツェットくんは、クローン技術とクリスパー技術で産まれたのでしょうか」

「忘れていた。飯綱、どうだ」

「一笑に付されましたよ。警察までそんなことを言ってるの、って」

立ち上がりながら答えた。水野によれば、染色体顕性遺伝疾患のために水野は妊娠が難しい体だったことから、水野の卵子と山下の精子を人工授精して宮原の胎内に移植し、そうして産まれた子がツェットであるという。

「つまり、普通の――クローンやらクリスパーやらに比べて普通という意味ですが

――普通の代理母出産により産まれた子です。体細胞核なんてのは一切関係ありません。宮原は代理母出産契約を水野、山下と結び、臨床は片山所長が行なったそうです」

「そこまでして子を儲けた山下と水野はなぜ別れたんだ」

「山下の海外転勤ですよ。山下は水野とツェットがついてくることを望みましたが、水野は自らの研究を諦めることができなかった。水野の研究は、サクラ・ウェルネスでしか続けることができない性質のものだったんです。少なくとも山下の転勤先で研究を続けることは難しかった」

「遺伝子組換えだな」

田中の言葉に頷く。

「片山所長が強く主張したため、水野は、半年から一年に一回のペースで宮原がツェットに面会することを許していた。この面会を水野が嫌っていたことは事実のようです。水野の反対にもかかわらず、片山所長がなぜ面会を強く主張したのかは分かりません。ただ、代理母出産の原則とされる無償性の原則、自発性の原則を破ってしまった罪悪感からではないかと水野は言っています。多額の金を報酬として支払い、おまけに宮原の山下に対する好意を利用する形で代理母出産を実行したことへの罪悪感です」

わざとらしく肩を竦《すく》めてみせた。

「クローン技術なんてどこにも関係しません」そう言って着席する。

「それではＤＮＡ型一致の謎が解けない。ＤＮＡデータベースが立ち行かなくなります。もっと捜査を……」

「悪いが庄野さん、私たちはこれから竹内の自白の裏付け捜査で忙しい。クローンやらクリスパーやらはそっちでやってくれないかな。なあ、桜井？」田中が言う。

「そうそう。ヒトクローン胚の胎内移植は今ではクローン技術規制法で犯罪になるんだし、クリスパーだって世界の叡智《えいち》を結集してようやく平成二十四年に開発されたというのが厳然たる歴史的事実。山下とツェットのＤＮＡ型が一致したのは本当に不思議だけど、偶然の一致の確率がゼロでない以上、そう考えるしかないんじゃないの」

ニヤニヤしながら桜井が言う。桜井はもともと庄野の意見に懐疑的であったことから、この状況が楽しくて仕方ないらしい。

「しかし山下とツェットが親子であれば、なおさら二人のＤＮＡ型が一致することは考えられません。母親である水野のＤＮＡが入るわけですから。そうだ、水野のＤＮＡ型を調べてみれば……」

迫口管理官が庄野の言葉を遮った。

「庄野くん。我々は殺人犯を逮捕するのが仕事だ。そして殺人犯を逮捕した。残された仕事は奴の訴追を万全にすることだ。それ以外のことをする余力はないし、するつもりもない」

「そんな、ＤＮＡデータベースが……」

「黙れ！」

迫口が一喝した。

「泣き言は聞きたくない。ＤＮＡデータベースを機能させるのはおたくらの仕事だ。言っておくが、現場の刑事はデータベースのために仕事をしているのではない。現場を助けるためにデータベースがある。そして現場の刑事はＤＮＡ型が一致しただけで犯人と決めつけたりはせん。そのための地取りであり、鑑取りだ。ＤＮＡ型は証拠の一つにすぎん。勘違いするな」

有無を言わさぬ迫力で迫口が言う。庄野は俯いて一言もない。自白とＤＮＡ型だけで山下を起訴しようとしたくせに、とちらりとは思ったものの、口にはしなかった。そうではなかったことを今は知っているからだ。

「田中、竹内に対する捜査の見通しは」

安浪理事官が場をとりなすように聞いた。

「昨夜の自白テープと、その後の樫木による取調べの結果を報告書にまとめ、今日中に殺人でキップをとります。竹内の供述通り、四谷研究所の玄関床から血液反応が出ましたのでＤＮＡ型鑑定を行なってます。また、物置にあった剣先スコップからは遺棄現場と同組成の土砂の付着が認められました。自白には秘密の暴露が多数含まれていますので起訴は固いでしょう」

安浪は頷いた。それまで黙って聞いていた大久保課長が口を開く。

「飯綱、水野と山下の動機は何だ。竹内の動機は分かる。金だ。昨夜の自供の様子からすれば女性に対する蔑視、母性に対する憎悪といったものもあるかもしれん。しかし、それは奴の人格の問題だろう。では水野は何だ。手の込んだ絵を描いて、あの女は何を手に入れようとした。山下は。あの男はキャリアを捨てて何を手に入れた」

会議室が静寂に包まれる。誰しもが抱いた疑問だ。そして、誰しもが答えに感付いていながら、理性では理解し難いことにも気付いている疑問であった。飯綱は立ち上がった。

「分かりません。私も水野に聞いてはみました。しかし彼女は答えませんでした。ただ笑うばかりで」

「お前の考えでいい。言ってみろ」

飯綱は言葉を選びながら言った。

「復讐心。怒り。どちらも正しいようで、少し違う気がします。ツェットはこの二つでしょう。自分を産んだ母を殺されたんだ。怒りと復讐に燃えるのは当然でしょう。では、水野と山下はどうでしょうか。二人がそれほどの思いを宮原に抱いていたとは思えません。一つ言えることは、二人ともツェットを守ろうとしたということだと思います。竹内はツェットに異常なまでの執着を抱いていた。課長のおっしゃる通り、金のためでしょうし、奴の人格的な問題も関係しているのかもしれない。そんな竹内を脅威に感じ、排除する必要性を認めた。強いて言えばそれが二人の動機のような気がします」

「それはつまり何だ」

「親だから、でしょう」

そうなのだと飯綱は思った。水野と山下は、ツェットの親なのだ。

水野と竹内の対決を思い返していた。水野が泣いたのは、宮原を蔑んでいただろう、嫌っていただろうと竹内から責められたときだった。水野は「違うわ。違う……」と力なく呻くように呟いた。

ツェットが、水野の卵子と山下の精子による受精卵を宮原の胎内に移植して産まれた子であることに間違いはあるまい。だが水野は遺伝子上の母ではあっても分娩《ぶんべん》の事実はなく、法律上の母ではない。いや、もっと根本的なところ、哺乳動物としての原始的なところで、宮原にいわく言いがたい感情を有していたのではないか。妊娠出産という生殖行動を金で購《あがな》い、しかもその相手が母として我が子と会う。理性では納得もしようが、根底にはどのような感情が芽生えていたか。感謝。劣等。蔑視。それらがない混ぜになった本能的感情。そのような感情は科学者として天才であった水野にとって受け容れ難いものであり、そんな感情を持つこと自体が耐えられぬ苦しみだったのではないか。だからこそ面会のとき、同席することを拒んだ。竹内に宮原が殺されたと知った時、水野の心に去来したものは悲しみか、怒りか、それとも安心か。おそらくその全てであったろう。そして水野は竹内の排除を決意した。ツェットを守るためであり、同時に宮原に対する贖罪《しょくざい》のために。

そんな水野を、しかし飯綱は赦《ゆる》してはいなかった。

2

飯綱は留置管理課から出てきた山下を玄関まで送っていた。

　三十日、勾留延長満期に伴う検察官からの釈放指揮書が警視庁に届き、山下は釈放された。山下に犯人隠避罪が成立することは明らかで再逮捕することもできた。だが今では素直に供述している上に、犯人隠避については起訴猶予となる可能性もあったことから、身柄を拘束する必要はないと捜査本部は判断した。

　ボストンバッグを右肩に掛けた山下と並んで歩きながら話しかける。山下は、出頭時に着ていた仕立てのよさそうなスーツを身に着《つ》けていた。

「すっかり騙《だま》された」

「申し訳ありません。嘘を吐《つ》くのは心苦しかったのですが」

「まったくだ。でももういいだろう。正直に全部話してくれ」

　山下は足を止めた。そして飯綱をしげしげと見る。飯綱も足を止めた。

「もう全部お話ししましたが」

　竹内の逮捕を聞かされると山下は安心したように取調べに応じ、水野の供述と一致する内容を話していた。

「ああ。竹内の捜査に必要な範囲はな。そうでなければ釈放したりしない」

　飯綱は再び歩き出した。山下がその横に付いて歩く。

「階段で下りようか」

三階の階段ホールに入り階段を下り始めた。

「これまでの供述で竹内は十分に起訴できる。しかし俺が知りたいのはそういうことじゃない。あなたとツェットくんのＤＮＡ型が一致したトリックだ」

山下は無言だった。

「あなたとツェットくんのＤＮＡ型が一致したことは、竹内の起訴にとって大した意味を持たない。しかし水野さんの描いた絵図の中では決定的に重要だった。一致しなければあなたが我々に逮捕されるかも分からないし、何より、竹内がツェット＝クローン説を放棄して姿をくらますかもしれない。それだけは何としても避けねばならなかった」

山下を見ずに階段を下り続ける。人の行き来が多くよそ見をしているとぶつかってしまいそうだ。

「そもそも竹内に過去の代理母出産のことを説明しておけば、今回の事件は起こらなかったかもしれない。しかし水野さんはその必要を感じていなかった。竹内がサクラ・ウェルネスで探していたのはクリスパー技術だったからだ。竹内がヒトゲノム編集とクローン技術に着目したのは宮原さんと接触した後で、そして接触した後はツェットくんがクローンであると狂信的に信じ込んでしまった」

「でも、私とツェットのＤＮＡが異なることを事件前に教えていれば……」

「結果は違ったかもしれない。宮原さんは生きていて、竹内はサクラ・ウェルネスの清算業務に精を出していたかもしれない。あるいは、それでも竹内は宮原さんを殺したかもしれないし、水野さんとツェットくんは今ごろ海外に向かう船の中かもしれない。何も分からない、起こらなかった事実は」

飯綱たちは二階を通過した。玄関に着くまでに話を終えるには更にスピードを落としたほうがよさそうだ。

「しかし事件が起きてしまった以上、あなたとツェットくんのＤＮＡ型が異なることを竹内に知られるわけにはいかなかった。竹内には、ツェットくんがクローン技術とクリスパー技術の結晶であると信じ込んだまま最後まで突き進んでもらわないといけない。頂上から滑り降りるジェットコースターのようにね。目的は、最後にレールを外して落下させることにあるのだから」

階段を下りきり、山下と向かい合う。山下は俯いた。

「さあ、教えてくれ。どういうトリックを使った」

「もうお気付きなんでしょう」

「ああ」

「だったらそれを話してください。私が話すと水野に迷惑がかかる」

「そうか」

どちらにしろ立件は難しい。無理に山下の口から聞く必要はなかった。

「鍵は一通の通達だ。警察庁の『ＤＮＡ型鑑定の運用に関する指針』。被疑者からＤＮＡ型の鑑定資料を収集するときは、口腔内細胞採取キットを使って被疑者自身に採取させ、その提出を受けることになっている。捜査員の目の前でうがいをして口の中を綺麗にした後、被疑者が自分で綿棒の先端を口に入れて頬の内側をこすり、その綿棒を捜査員に提出するという手順が決まっているんだ。あなたたちはこれに着目した」

ひと呼吸おいて続けた。

「答えは簡単だ。あなたの口の内側に、ツェットくんの口腔粘膜を貼り付けた」

山下が軽く頷いたように見えた。

「調べてみた。口腔粘膜のうち、頬の内側の被覆粘膜は、粘膜上皮、粘膜固有層、筋層の三層に分かれている。口腔内細胞採取キットは、このうち粘膜上皮の最表層細胞といわれるものをこすり取って採取するものだ。そして口腔粘膜は再生力が強く、米粒ほどの大きさがあれば培養して簡単に増殖することができ、移植用の粘膜を作ることができる」

飯綱は玄関に向けてゆっくりと歩き出した。正面玄関の向こうには、皇居の青々しい緑が広がっている。その前にまたがる道路のアスファルトに初夏の光が反射して白く眩しい。

「あなたたちは、ツェットくんの口腔粘膜から米粒大の粘膜を採取し、それを培養して移植用粘膜を作った。三センチ四方程度の大きさがあれば十分だろう。粘膜ができると移植の準備に取り掛かった。ずっと使えるような定着を目指すわけではないから、移植するのは上皮だけでいい。分層植皮という方法で、一週間もすると移植した皮膚は再生した皮膚に押し出されて剝がれ落ちるそうだ。あなたの両頰内から移植する大きさの粘膜上皮をこそげ取り、その傷あとに培養したツェットくんの粘膜上皮を移植する。水野さんの腕なら朝飯前だったはずだ」

玄関口に着くとふたたび山下を振り返った。立ち番の警察官に聞こえない程度の小声で捲《まく》し立てる。

「出頭時、あなたがこもった声で喋ったのは緊張のせいじゃない。皮膚移植を行なって数日しか経っていなかったからだ。出血が治まるとすぐに出頭したんだろう。そして自白を済ませると、通達に従ってＤＮＡ型鑑定に使う口腔内細胞の採取を行なった。あなたは念入りに口をゆすぐと綿棒を口に差し込み、移植した粘膜上皮の上をこすったんだ。出頭前に何度も練習していただろうから簡単だったただろう。そして後は黙秘し、皮膚が再生されて移植した皮が剝がれ落ちるのを待った。黙秘していたのは、単に口の中が治るのを待っていただけだ」

「でも、それだと剝がれた皮が証拠として残ってしまいませんか」

「食べたんだよ。むしゃむしゃと。違うか」

山下は微笑みを浮かべた。

「こうして証拠偽造のちょっとした完全犯罪が完成した。万が一起訴されても裁判でDNA型の再鑑定を申し立てれば、あなたのDNA型は宮原宅にあった微物のDNA型と異なることが証明され、無罪になるという寸法だ。間違っているところはあるか」

山下はボストンバッグを左肩に掛け直すと、真面目な表情になって飯綱に一礼し、それから目映《まばゆ》げに玄関の外を見た。そこには水野とツェットが立っていた。

「ほとんど刑事さんの言うとおりです。さすがあの人が見込んだだけのことはある」

そして付け加えた。

「ただ、再鑑定は考えていませんでした。起訴されることはないだろうと思っていましたから。水野のやることに間違いはありませんので」

「そうか」飯綱は言った。

そしてやにわに山下の腕を掴むと体を引き寄せ、長身を屈めてその耳元で囁いた。

「水野のクリスパー技術は本当に存在しないのか」

山下の微笑みが凍る。腕を離さず、山下の顔を覗き込みながら小声のまま続ける。

「代理母出産を隠すだけにしては、手が込み過ぎている。ツェットが研究所に隔離されていたのはなぜだ。戸籍を作らなかったのはどうしてだ。竹内は人格異常だが馬鹿ではない。奴の推測は半分当たっていたんだ。ツェットはデザイナー・ベビーだ。水野は自らが染色体疾患だと俺に言った。水野はその遺伝を恐れ、ツェットのゲノム編集を行なった。優生思想に基づく人体実験。それが水野の正体だ」

飯綱の目の前で山下の顔から表情が抜け落ちていく。

「そんな事実はありません」辛うじて聞き取れる程度の小声だった。

「おい。ツェットを守ったつもりか。宮原の仇《かたき》をとったつもりか。ふざけるな。おまえらは宮原を利用したんだ。片山所長が正しいんだよ。金と愛情につけこみ、しかもこっそりとゲノム編集までやった。それがどれだけ罪深いことか、片山には分かっていたんだ。もう一度言ってやる。おまえらは宮原を利用した。その結果、宮原が死んだ。おまえらに宮原の仇を打つ資格などない。おまえらのやったことはただのマスターベーションだ」

飯綱は摑んでいた山下の腕を押し離した。

「俺たち警察はゲノム編集なんかに興味はない。しかし二度と警察を利用しようなどと思うな。次は容赦しない。とっとと失せろ」

山下はよろめきながら二人が待つ陽光の中へ足を踏み出した。

「ツェットくんの戸籍を作れよ。あなたが戸主になってな」

その背中に言葉を投げると、踵を返して捜査本部を目指した。もう一人、話すべき男がいる。

3

「管理官、お話があります」

捜査本部の会議室前で、田中と一緒に廊下を歩いてくる迫口を捕まえた。

「何だ飯綱、報告なら捜査会議でやれ」田中が邪険に言った。

「会議の前にお話ししたいことがあります。管理官と二人だけで」

田中が目を剝いた。しかし飯綱は迫口から目を逸らさない。

「ふん、よかろう。そこの会議室に入れ」

迫口がつっと飯綱の視線を躱《かわ》した。

「田中は本部に入ってろ。時間は大してかからんはずだ、すぐに行く」

「分かりました」

怪訝な顔をして田中は頷いた。迫口が一喝して飯綱を追い払わないのを不思議に思ったようだ。

迫口と電灯の消えている小会議室に入る。

「ありがとうございます」

「ふん。手短に済ませろ」

迫口はロの字形に並んでいる長机のうち、入口近くに置いてあった机の中央の席に座った。その横に立って言った。

「お伺いしたいことがあります。管理官が、水野の協力者ですね」

迫口の横顔を見つめる。電灯の点いていない会議室に窓から光が差し込み、逆光となって迫口の横顔に薄い影を落としている。迫口はいつものように腕を組み、目を閉じた。

「なぜそう思う」

「樫木主任に言われました。管理官は横紙破りを嫌う人だと。それなのに管理官は、所轄からの要請もなく私を所轄の捜査に回した。その時です、もしやと思ったのは」

「神田署からは要請があった」

「よしてください。神田署の鈴木課長は管理官の直属です。指揮分掌のことではなく、刑事としての直属です。管理官から電話があれば余計なことを聞かず応援要請を上げたでしょう。ツェットの交通事故は保険だった。神田署管内で事故を起こし、管理官の手駒にツェットを追わせる。何があってもツェットが保護されるように掛けられた保険です」

「それだけか」

「竹内の自白のタイミングです。あの無線中継はいかにもタイミングが良すぎた。係長が疑問を持つのももっともです。研究所への聞き込みの時間を指定したのは管理官でした。午後九時開始、と」

「ほかには」

「石井を八ヶ岳研究所に派遣しようとしたとき、二班体制を命じたのは管理官でした。竹内に対する事情聴取なら二名一班で足りたはずです。石井一人でもよかったでしょう。しかし管理官は四名二班を命じた。清里に水野の自宅があり、そこに手掛かりが残されていることを知っていたからではないですか」

「お前は三つ根拠をあげたが、どれも薄弱だ。根拠を三つあげても成り立たんスジ読みは間違っとると教えたことはなかったか」

「初めて聞きました」

「では覚えておけ。もう行くぞ」迫口は目を開け腕組みを解き、立ち上がろうとした。

「管理官は水野と鑑があります」

立ち上がりかけた迫口は、再び椅子に腰を落ち着けて腕を組んだ。

「続けろ」

「今から十二年前に起きた、サクラ発酵の食品偽装表示事件。管理官は、生活安全部生活環境課保健衛生第二係の主任警部補として捜査にあたられた。そのときの関係者の一人が、水野です」

「ウラはとったのか」

「サクラ・ウェルネス関係事犯ということで、生安に行き、過去の捜査記録を見せてもらいました。記録はほとんど廃棄されていましたが、事案と罪名が特殊だったこともあり、将来の捜査の参考としていくつかの書類が保管されています。そのなかに当時警部補だった管理官が作成された事情聴取結果報告書がありました。聴取対象者は、サクラ・ウェルネス八ヶ岳研究所所長代理。個人名は抹消されていましたが、あそこの所長代理は過去現在を通じ一人しかいません。水野美佐子です」

迫口は飯綱の言葉に頷くと、ふたたび目を閉じた。

「彼女は内部告発者だった。あの事件は彼女の告発から始まった。彼女はツェットの誕生をきっかけにして遺伝子組換え技術に疑問を持った。かつてクリスパーの生みの親である科学者が、全世界に生命倫理の国際サミットを呼びかけたようにな。彼女からの情報を参考に我々はサクラ発酵を捜査し、偽装表示を暴いた。片山所長が自殺しなければもっと捜査は進展しただろう。彼の死は、我々にとっても、彼女にとっても痛恨だった。今回、彼女は竹内の構えるテーザーガンに向かって一歩踏み出したそうだな。全ての責任をとろうとしたのかもしれん。考えすぎかもしれんが」

迫口は目を開け、首を捻って飯綱を見た。

「私が捜査情報を漏らしたと思うか」

迫口の目に気圧《けお》されながら答えた。

「いいえ。管理官の協力の方法はタイミングごとに捜査を誘導することでした。神田署への応援しかり、研究所への聞き込みしかり。もし私たちの捜査が行き詰まれば、その度にヒントを与えるつもりだった。特に、四月二十八日午後九時に予定されていた竹内の自白中継を捕捉するよう捜査を誘導することが、管理官に与えられていたもっとも重要な役割だったのでしょう」

迫口の目を見ながら答える。迫口も目を逸らさない。

「管理官が捜査情報を漏らしたか。いいえ、そうは思いません。もしそんな話であれば管理官は協力しなかったでしょう。管理官にとって水野への協力は、殺人犯を逮捕するための捜査の一つに過ぎなかったのではないですか」

「そこまで分かっとるなら聞くな」

今度こそ迫口は立ち上がると、飯綱の横を通って会議室のドアに手を掛けた。

「おとり捜査です」

飯綱は鋭く言った。

「何？」

振り返ることなく迫口が聞き返す。

「水野を自由に泳がせ、真犯人を騙して自白をとった」

「私を含め、捜査官は何もしていない。竹内を騙したこともなければ、竹内を騙してくれと水野に頼んだこともない。竹内の自白採取過程に違法性はない」

「もし捜査本部が竹内を押さえていれば病院襲撃事件は起こらなかった」

「かもしれん。しかしそうではないかもしれん。証拠不十分ですぐに釈放になっていた可能性もあるんだ。仮定の話など意味がない。いいか、刑事は現実に起きた事実だけを追うんだ」

飯綱は黙ったまま迫口の背を睨んだ。駒にされ、踊らされた。その怒りはある。しかしそれ以上に捜査本部すらも欺く迫口の捜査方法にやりきれぬ思いを抱いていた。犯人逮捕のためとはいえ捜査本部を私物化した。その憤りを視線に込めて睨みつける。

「今回の件が落ち着いたら、彼女は海外の研究所で働くそうだ。アメリカの製薬会社の研究所で、その製薬会社の警備を一手に請け負っているのはグレイウォーターという会社だそうだ。宮原の事件が起こるずっと前からスカウトされていたらしい。就職を決めたのは今回の計画実行を決断した時だそうだ」

驚きはない。それがもっとも合理的な説明だ。素性不明の竹内の取引先。ロドニー夫妻。研究所の警備員。彼女は全てを支配していた。

迫口の協力がなくても水野は計画を完遂しただろう。だが、警視庁捜査第一課に殺人犯捜査係を統括する管理官は四人しかおらず、うち一人が旧知の警察官だった。そしてその警察官が宮原殺しを担当していることを知ったとき、保険のために計画に組み込んだ。偽装表示事件以来、水野は迫口の情報提供者《ネタモト》だったのではないか。

迫口が振り向いた。飯綱の視線を正面から受け止める。

「飯綱、刑事の仕事とは何だ」

「社会の安寧を守ることです」

「そうだ。では刑事は社会を守る安全装置にすぎないのか。法を犯した人間を、法に従い、ただ機械的に排除するための道具か」

　虚を突かれた。刑事を警察という組織の歯車としてしか捉えていなかったのは自分なのか。その気付きが飯綱をうろたえさせた。迫口は右手を上げると指を突き出し、飯綱の左胸を突《つつ》いた。

「お前はこの事件で被害者のために怒ったか？　犯人を憎いと思ったか？　お前にとって刑事とは何だ」

「しかし私は、管理官のやり方に同意できません」

「それでいい」

　迫口は背を向け、会議室のドアに手を掛けた。

「同意うんぬんを言うような刑事は、まだまだ」そう呟くとドアを開けて出て行った。

　会議室に取り残された飯綱の輪郭が、逆光に浮かび上がる。両の拳は、固く握りしめられていた。

刊行にあたり、第16回『このミステリーがすごい！』大賞優秀賞受賞作品「自白採取」を改題し、加筆修正しました。

この物語はフィクションです。作中に同一の名称があった場合でも、実在する人物・団体等とは一切関係ありません。

第16回『このミステリーがすごい！』大賞（二〇一七年八月二十八日）

本大賞は、ミステリー＆エンターテインメント作家の発掘・育成をめざすインターネット・ノベルズ・コンテストです。ベストセラーである『このミステリーがすごい！』を発行する宝島社が、新しい才能を発掘すべく企画しました。

【大賞】

十三髑髏《どくろ》　水無原崇也

※『オーパーツ　死を招く至宝』（筆名／蒼井　碧）として発刊

【優秀賞】

自白採取　田村和大

※『筋読み』として発刊

カグラ　くろきとすがや

※『感染領域』（筆名／くろきすがや）として発刊

第16回の大賞・優秀賞は右記に決定しました。大賞賞金は一二〇〇万円、優秀賞は二〇〇万円をそれぞれ均等に分配します。

●最終候補作品

『十三髑髏』水無原崇也

『生態系Gメン』等々力亮

『自白採取』田村和大

『千億の夢、百億の幻』薗田幸朗

『カグラ』くろきとすがや

〈解説〉
ただならぬ〝熱気〟を愉しんでほしい

吉野 仁（書評家）

隆盛をきわめる警察小説の世界に、またひとつ魅力ある新作が登場した。大胆で奇抜な謎《なぞ》、最新の警察捜査法および生命科学の知識を盛り込んだ題材、行間にただよう熱気。これらが見事にそろった本作、田村和大『筋読み』は、第16回『このミステリーがすごい！』大賞の優秀賞受賞作品である。

まず、この『筋読み』の骨格をなしているのは、ジャンルの王道をいく警察小説のスタイルだ。捜査一課の刑事が、担当する警察官たちとともに不可思議な事件の真相をつきとめるべく奔走していく。地味な捜査や会議の場面も手を抜かずにしっかりと描けているせいか、物語に導入された「大胆で奇抜な謎」が映えている。しかもその謎は、プロローグのかたちで第一章の冒頭から明らかにされているのだ。

ある事件の被告のDNA型とまったく別の事件の被害者のDNA型が一致したという。一方の男は、女を殺した犯人、もう一方は、保護された少年だった。通常、他人がまったく同じDNAを持つことはありえない。完全に一致するのは一卵性双生児の場合のみであろう。いったい、どういうことなのか。

　本作の読みどころのひとつ、まずは捜査の過程を読む面白さだ。この奇妙な謎の背景が次第に明らかになっていく。男が犯した殺人とはどういう事件か。少年とは何者か。二人をつなぐ鍵《かぎ》はどこにあるのか。そうした断片的な情報が集まり、大きな形を見せていく。

　事件は、多摩《たま》山中から死体が発見されたことにはじまる。登山者が人の腕らしき骨を見つけたのだ。高尾《たかお》警察署の警察官らが近くにあった穴を掘り広げると女性の亡骸《なきがら》が姿を現した。死体のDNA型を警視庁のデータベースで照合した結果、身元が判明。宮原千寿《みやはらちず》という三十六歳の女性だった。十代後半からモデルなど芸能界で活躍した経験があり、そのせいでマスコミの報道が過熱した。

　そして死体発見から一週間後、男が出頭した。山下貴《やましたき》一《いち》と名乗る男は、自分が宮原を殺したと自白した。殺人の動機は「痴情のもつれ」でクリスタル製の灰皿で頭を殴ったという。ところが、宮原の死因は生き埋めによる窒息だった。いまひとつ事実が判然としないなか、山下は黙秘をつづけた。

　主人公は飯綱知也《いづなともや》。警視庁捜査一課の刑事である。飯綱と書いて「いづな」と読む。所属は殺人犯捜査第四係。年齢は三十半ばで百九十センチ近い長身の男だ。ちなみに東京の西部にある高尾山の寺院、薬王院《やくおういん》の本尊は「飯縄大権現」である。「綱」と「縄」の字の違いはあるが、もともと長野市の北方にそびえる飯綱山に奉られた飯縄権現を原点として、ここから全国に飯縄信仰がひろがっていったそうだ。

　本書の冒頭で高尾警察署に捜査本部が設置され、図らずも飯綱がそこへ出動するのは権現様のお導きか。

　と思いきや、物語は意外な展開を見せる。飯綱は主任として三人の班員を率いる立場だったにもかかわらず、上司から捜査本部を外れるよう言い渡されるのだ。警視庁に戻った飯綱は、一ツ橋《ひとつばし》交差点で起こった事故に事件性がみられたことから神田《かんだ》警察署に派遣された。

　それは奇妙な事故だった。赤信号で停止した自動車の後部ドアから少年が飛び出し対向車にぶつかった。だが、倒れた少年は男女によってふたたび車の中へ運びこまれ、すぐに走り去っていったという。車はクラウンで目撃者の情報からサクラ・ウェルネス株式会社が所有するものだと判明した。いくつもの不審の影がちらつくなか、飯綱は、尾形《おがた》巡査とともに、山梨県北杜《ほくと》市にあるサクラ・ウェルネス八ヶ岳《やつがたけ》研究所へと赴いた。

　やがて事件は思わぬ様相を見せていく。保護され病院に入院していた少年が、何者かの手により、ふたたび連れ去られたのだ。さらに、殺人犯とされる山下と拉致された少年ツェットのDNA型が一致したという驚くべき事実のまえに飯綱たちは困惑するばかりだった。

　飯綱は同僚の間で「ヨミヅナ」と呼ばれていた。警察は、事件が起こってからはじめて捜査を開始する。当然、その当初はなんの情報もなく、実態は不明だ。どのような人間が絡んでいるのか。背後にどんな事情があるのか。考えられる動機はなにか。そこで、現場検証、検視や遺留品情報、目撃者や関係者の証言など、さまざまな資料を集め、それらをもとに事件の全体像を描き出す。このことを「スジ読み」と呼ぶ。飯綱はその能力に長けており、「ヨミヅナ」とまで呼ばれていたのだ。

もちろんいかなる奇怪な謎であれ、その真相はラストですべて明かされる。知ってしまえば、なんだそんなことか、と一蹴されるかもしれない。だが、先に述べたように、まずは捜査の過程をたどるのが本作の面白さである。それをもとに、飯綱ならではの「スジ読み」が発揮されるのだ。一見つながりの分からない事実の集まりから事件の全貌をどのように見て取るか。その前提となる捜査模様が過不足なく描かれているため、主人公の個性がより活きている。

なにより特徴的なのは、ここで現代の犯罪捜査に欠かせない科学的な手法がいくつも取り入れられている面にある。DNA型鑑定やNシステムをはじめ、DAIS、RFIDタグなど、聞き慣れないアルファベットが並ぶ場面も多い。さらに本作は、事件に絡んで現代生命科学の知見が豊富に含まれている。作者は、こうした最新の知識や専門的な情報を巧みに物語のなかへ溶け込ませているのだ。これが、作り事である小説の嘘《うそ》を本当らしく見せている。実に効果的だ。いささか大胆すぎる謎、現実にこんなことが起こるだろうかという事件に対して、それなりの真実味を与えている。決して単なるはったりや風呂敷を広げただけで終わっていない。

そして、個人的に思う本作最大の魅力は、作品から発せられる熱気だった。読んでいて伝わってくるのだ。冒頭に述べたように、本作は第16回『このミステリーがすごい！』大賞で優秀賞となった長編である（大賞受賞作は、蒼井碧《あおいぺき》『オーパーツ　死を招く至宝』）。すなわち、選考委員のなかで評価が分かれたのだ。たしかに新人の第一作だけあって、まだまだ全体に硬さが感じられ、どこか単調な部分も残っている。ご都合主義的な展開もあるだろう。しかしながら、物語が進むにつれ、なにか独特の勢いが感じられた。

ご存じのように、現在、日本における警察小説の刊行量は半端なものではない。そのジャンルの中身もさまざまだ。殺人事件など凶悪犯罪を捜査する刑事ものから田舎の交番勤務を題材にした物語、さらに内勤の警官を主人公にした作品集もあれば、警察学校を舞台にしたものまである。加えて公安や鑑識といった特殊な現場を専門とする面々を描いた小説など、枚挙にいとまがない。内容も、名探偵役の刑事が登場するものもあれば、犯罪を核に活劇を多くまじえた作風もある。すなわち、警察小説がこれだけ人気を集めている理由のひとつは、多様性や幅の広さなのだろう。乱暴に言うと、警官さえ登場すればなにをどう書いてもいいのだ。読者も好みにあった作品を選ぶことができる。

だが、正直なところ、もはや食傷気味でもある。これまでジャンルの傑作を多く読んできたことから基準のハードルが高まってしまったことも一因だろう。たしかにベテラン作家による警察小説シリーズは安心して読める。奇抜な設定や主人公の強い個性で勝負する意欲的な作品も多い。一方で、悪く言えばお約束のパターンで書かれたものも少なくないのだ。そのなかにあって、新人の小説にもかかわらず本作が魅力的に映ったのは、なにより作品が潜在的にそなえている熱量の大きさにほかならない。できれば作者はこのポテンシャルをいつまでも保って書き続けてほしい。

では、その作者、田村和大はいかなる人物か。生まれは横浜だが三歳から福岡へ移り、そこで十代後半までをすごした。大学は一橋《ひとつばし》大学法学部。そこで国際関係を学んだのち、NHKに入社し広島放送局に配属されたものの訳あって入社半年で退社。三年間の司法浪人を経て弁護士となった。もともと子供のころから読書好きで、ミステリーにSF、司馬遼太郎《しばりようたろう》や村上春樹《むらかみはるき》、そしてのちにジャーナリストをめざすきっかけとなった海外ノンフィクションなどを夢中になって読んでいた。大学時代からは、当時人気だった志水辰夫《しみずたつお》、大沢在昌《おおさわありまさ》、北方謙三《きたかたけんぞう》、佐々木譲《ささきじよう》らの作品を好むようになった。だが、NHKを辞めて司法浪人中、落ち込んでいたときに横山秀夫《よこやまひでお》の『陰の季節』を読み、強い衝撃を受けた。それ以来、冒険ハードボイルドだけではなく警察小説のファンとなり、読み続けているという。

ジャーナリストから弁護士へ、そしていま警察小説の書き手としてデビューしたとは、エリートたる華麗な経歴に見える。だが、おそらくここにいたるまで半端ではない汗と涙を流しているのではないか。ともあれ、現役の弁護士として活動していたことを思えば、実際の犯罪や事件に関する多くの知識をそなえているだろう。それらを実録もののように描くのではなく、あくまで大胆なフィクションとして構築し、本格的な警察小説を書き上げてみせたのだ。本作を愉しんだあとは、ぜひとも作者の今後の活躍に注目していただきたい。

二〇一七年十二月

宝島社文庫

筋読み
（すじよみ）

2018年2月20日　第1刷発行

著　者　田村和大
発行人　蓮見清一
発行所　株式会社 宝島社
〒102-8388　東京都千代田区一番町25番地
電話：営業 03(3234)4621／編集 03(3239)0599
http://tkj.jp
印刷・製本　中央精版印刷株式会社

ISBN 978-4-8002-8018-3